UNA SFIDA PER L'ALFA

STORIA D'AMORE DI UN LUPO MANNARO MOTOCICLISTA

RENEE ROSE
LEE SAVINO

Traduzione di
ANNALISA LOVAT

Midnight
ROMANCE

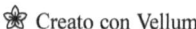 Creato con Vellum

OTTIENI IL TUO LIBRO GRATIS!

Iscrivetevi alla newsletter di Renee per ricevere Indomita, scene bonus gratuite e notifiche riguardo a nuove pubblicazioni!

https://BookHip.com/MGZZXH

 oxfire

UN PICCOLO POP è l'unico avvertimento prima dell'esplosione della zuppa.

"Accidenti." Apro di scatto lo sportello del microonde. È rimasta solo mezza zuppa al pomodoro, e l'interno del forno sembra la scena di un omicidio.

Meno male che ho già ordinato una pizza.

Con un sospiro, richiudo lo sportello per non vedere tutti quegli spruzzi rossi. Ho lo stomaco che brontola come se non mangiassi da un giorno. Magari è pure così. A malapena so che giorno è. Il giorno otto dopo la Rottura dell'Inferno, e l'unica cosa che mi tenga collegata al mondo esterno è la mia migliore amica.

A proposito di migliore amica… Clicco sull'unico numero di chiamata rapida. La linea va dritta alla segreteria telefonica e resto di stucco. Amber dovrebbe essere a casa, al riparo, dopo che io stessa l'ho salvata dal suo appuntamento infernale.

Lascio perdere la chiamata e le mando un messaggio: *Appena ordinato pizza. Vieni a mangiarne mezza?*

Probabilmente è troppo presto per citare il disastroso appuntamento. Conosceva il tipo solo da pochi giorni, ma era il suo vicino. *Che imbarazzo.* E sì, era un figo, ma da quando in qua essere fighi permette a un uomo di abbandonare una donna sul versante della montagna nel mezzo del primo appuntamento?

Il mio ex è un pezzo di merda, ma nemmeno lui arriverebbe a tanto.

Porta una foto di Garrett. Io ne ho una di Benny e un bel mazzo di freccette... Inizio a scrivere il messaggio, ma poi lo cancello. Al suo posto, scrivo invece: *Con gli uomini ho chiuso per sempre. Diamoci all'ingrasso e adottiamo un sacco di gatti.*

Ecco. La farà ridere.

Cammino per la casa, notando pile di lettere e rimasugli di cene take-away accumulatisi nel corso dei giorni scorsi. Da quando ho rotto con il mio ex, sono praticamente un'eremita. Benny non è ancora passato di qua, neanche a prendere la sua roba.

Non che lo voglia vedere. Viscido bastardo.

Amber non ha ancora risposto al messaggio. Strano. Sono le sei di sabato sera e di solito la mia migliore amica è a casa, da sola. Come me.

Cavolo, che patetiche. Forse dovremmo davvero prenderci dei gatti.

Le mando un altro messaggio. *Non adottare gatti senza di me.*

Mia mamma aveva ragione. Gli uomini fanno schifo. Se non vedrò nessun uomo per il resto della mia vita, sarò la donna più felice del mondo. Eccetto per il tipo che porta le pizze. Per lui posso fare un'eccezione.

Quando suonano alla porta, scatto fuori dal salotto e apro, forse con un po' troppo entusiasmo.

"Quanto ti dev..." Mi si smorza la voce in gola. Guardo in su. E in su. E ancora un pelo più su.

Cacchio, questo ragazzo delle pizze è alto. E ben piazzato. Come The Rock, o roba così. Uno e ottanta e rotti, con spalle quasi troppo larghe per la porta. Capelli rasati. Occhiali da sole... di sera.

Ehi, ragazzone, pensa la volpe che c'è in me, ammiccando. No! Cattiva Foxfire!

"Foxfire Hines?" Sembra un po' incredulo, come se non riuscisse a capacitarsi che sia davvero il mio nome. Mi succede un sacco di volte.

"Mia mamma è una hippie" dico.

"Cosa?" Inarca di scatto le sopracciglia.

"Il nome. È perché... mia mamma è una hippie. Pensava che fosse carino."

"Tua mamma."

"Sì."

"Il tuo nome è davvero Foxfire." Sembra quasi rassegnato, come se non potesse credere alla svolta che ha preso la sua vita, con questa consegna alla mia porta. Lo capisco. Io per esempio non ho mai rivolto il mio imperituro desiderio nei confronti di un ragazzo delle pizze. È la serata delle prime volte per entrambi.

"Mi stavi aspettando?" mi chiede.

"Uhm, sì." Poi, nell'annebbiamento generale causato dal desiderio, mi viene in mente. Ecco cosa mi sta gridando il cervello nel tentativo di farsi sentire al di sopra della libido. "Aspetta... dov'è la pizza?"

3

~.~

Tank

Foxfire. Ridicolo, cazzo. E la tipa sembra pazza come il nome. Sulla carta è ok: lavora come grafica, buon portafoglio clienti, paga le bollette regolarmente. Abita in una rispettabile casetta di mattoni vicino all'università. Fin qui, tutto bene. Dal vivo è una stramberia con gambe e bocca. Ha i capelli tinti, color arcobaleno, come una specie di cartone animato. E poi è minuta, una specie di folletto con shorts cortissimi e top microscopico. Potrei prenderla e tenerla in mano.

Oh, ed è meravigliosa. Anche con i capelli da pagliaccio.

Questo lavoro potrebbe essere facilissimo, come anche una gran rottura di coglioni.

"Dov'è la pizza?" Si sporge dalla porta e mi guarda. Prima che possa protestare mi faccio strada all'interno, notando l'esplosione di carte su ogni superficie, pouf a sacco abbandonati sul pavimento, acchiappasogni appesi alle finestre e una lampada di lava nell'angolo. La fatina cartone animato abita a La La Land.

"Che stai facendo?" Sbatte le palpebre e punta gli occhioni luccicanti su di me. Per niente spaventata. Un uomo che è il doppio di lei è appena entrato a forza in casa sua, e lei mi sta chiedendo della pizza. La maggior parte delle donne avrebbero già sclerato.

Questa no.

Come ho detto: La La Land.

"Devo parlarti" le dico.

"Ok." Poi aggiunge con tono speranzoso: "Hai lasciato la pizza in macchina?"

"Niente pizza. Si tratta di Amber."

"Amber?" Solleva la testa di scatto e inspira rumorosamente.

"Signorina Hines, farai meglio a sederti."

Con mia sorpresa, si lascia cadere sull'unico posto decente della casa dove potersi accomodare: un divano vecchio e consumato. Ha risposto immediatamente all'ordine. Se facesse parte del branco, direi che è una lupa esuberante ma remissiva.

Magari in fin dei conti il compito sarà facile.

"È successo qualcosa? Amber è nei guai?"

"Non ancora. Se collabori, andrà tutto bene."

"Cosa?" sussurra, il volto che impallidisce all'istante. L'odore della sua paura riempie la stanza e il mio lupo solleva la testa. Perché la cosa non gli piace per niente.

Ora tocca a me inspirare rumorosamente. Il mio lupo non bada mai gli umani. Neanche le femmine carine con i capelli strani.

"Non sono qui per farti del male." Ma perché poi le ho promesso una cosa del genere? Dovrei intimidirla. Il mio lavoro è entrare qui, capire cosa sa la femmina e tenerla sotto controllo. Tenere al sicuro il mio branco. Facile. Ma adesso il mio lupo è tutto agitato all'idea che si spaventi. Ridicolo. Da quando in qua si interessa più dei sentimenti degli umani che della sicurezza del branco?

"Vorrei che la cosa fosse rapida e indolore, ma dipende da te. Amber ti ha parlato oggi pomeriggio. Devo sapere cosa ti ha detto."

Mi fissa.

"Sarà tutto più facile, se fai come ti dico" aggiungo.

Irrigidisce immediatamente la schiena. "È una minaccia?"

"Signorina…"

"Hai fatto del male ad Amber? Dov'è?" Si è alzata in piedi adesso, e la voce è cresciuta di tono, trasformandosi in un grido. Questo folletto alto un metro e una banana sembra quasi volermi sfidare. E il mio lupo… pensa che sia addirittura più carina da arrabbiata.

"Sarà meglio che tu non l'abbia toccata, amico" sibila Foxfire. "L'ho detto a quel deficiente di Garrett e lo dico anche a te. Quando si tratta di Amber, *state alla larga.*"

Mi sta sfidando. Ha anche chiamato deficiente il mio alfa. O è pazza o si vuole suicidare.

"Signorina Hines…"

"Dico sul serio." Mi pianta un dito nello stomaco, e il mio lato dominante sale in superficie. Le afferro il polso e la tiro in avanti, facendola ruotare all'ultimo minuto per premerle la schiena contro di me, il mio corpo chino in avanti, il naso affondato nei suoi capelli color arcobaleno. Sento il suo odore: shampoo alla fragola, inchiostro di stampante, un pizzico di incenso hippie e un odore selvatico che mi sfugge: è familiare ma non riesco a distinguerlo con precisione.

Lei cerca di divincolarsi, ma è in trappola: un esserino minuto, ma con tutte le curve al posto giusto. Il mio uccello sceglie questo infelice momento per scattare sull'attenti.

"Lascia che ti dica come andranno le cose, dolcezza" le sussurro in un orecchio. "Io farò le domande. Tu mi darai le risposte. E se farai la brava, per te e per la tua amica andrà tutto bene. Siamo intesi?"

"Lasciami andare." Fa un passo indietro e sbatte con violenza un piede contro al mio. Dato che è scalza e io indosso stivali da motociclista, probabilmente è lei a farsi male. La sollevo da terra e quasi mi becco una pedata sull'uccello. La sposto di lato all'ultimo momento e il calcio mi arriva alla coscia.

"Aiuto, assassinio! Stupro!" grida Foxfire. Le metto una mano sulla bocca e lei mi morde. Il mio lupo decide che è innamorato.

Nel giro di pochi secondi ci ritroviamo sul pavimento, la mia mano ancora premuta sulla sua bocca, il peso del mio corpo che blocca a terra il suo. Secondo il mio lupo, una posizione di indubbio interesse per fare un sacco di cose. E il mio uccello è d'accordo con lui.

La faccio ruotare in modo da trovarmi faccia a faccia con lei. Ha il petto che si alza e riabbassa rapidamente: il suo odore è pieno di paura, ma gli occhi lanciano fiamme.

"Basta così." Cerco di assumere un tono autoritario, quello che userei per richiamare agli ordini un piccolo branco di lupi. "Intendi collaborare o devo legarti?"

Lei fa dei versi contro il palmo e ne escono parole che assomigliano molto a *Vaffanculo*. Sono sul punto di dirle che mi piacerebbe un sacco assecondarla, ma in quella suona il campanello. È arrivata la maledetta pizza.

Forse non sarà così facile.

 oxfire

QUANDO IL SUONO del campanello riecheggia in casa, il tizio grande e grosso che mi tiene bloccata a terra si sposta, in modo da non schiacciarmi del tutto sul pavimento di legno. Piuttosto apprezzabile da parte sua. Ammiro questo genere di considerazione, anche da parte di un uomo che ha fatto irruzione in casa mia fingendo di consegnare la pizza.

Il campanello suona di nuovo.

"Beh?" La parola esce soffocata da sotto la mano. "Intendi aprire?"

Sposta la mano. "E tu intendi fare la brava?"

Mi lecco le labbra e il suo sguardo scatta sulla mia bocca. Si sposta di nuovo, e all'improvviso sono consapevole della sua impressionante virilità premuta contro alle mie parti intime. È un ragazzone. Un ragazzone molto grosso.

Oddio, ma stiamo perdendo la testa? Lo fisso. Mandibola

forte, labbra serrate. Corpo molto muscoloso premuto contro al mio.

La mia lingua scatta fuori un'altra volta a inumidire le labbra, e i suoi occhi seguono ogni mio movimento. L'arma che tiene nelle mutande mi vibra contro alla gamba.

Cerco di divincolarmi e lui serra la presa, ricordandomi che mi supera di una spanna in altezza e ha molta più forza di me. Potrei gridare, ma la cosa potrebbe mettere in pericolo il tipo della pizza. E sono piuttosto certa che Signor Campione di Wrestling si arrabbierebbe parecchio. Risultato: brutte cose. Per me, per il ragazzo delle consegne, probabilmente per Amber. E niente pizza.

Per qualche motivo, non ho paura di lui. Ha un odore... buono. Con la gente tendo ad affidarmi all'olfatto. Per quanto suoni strano, funziona.

E poi sono Foxfire Hines. Non ho paura di niente, eccetto i serpenti nel water.

Il campanello suona una terza volta.

"Farò la brava" gli dico. "Se mi paghi la pizza. Ma solo perché voglio bene ad Amber. E ho fame."

"Sul serio?"

"Giurin giurello." Mi tiene i polsi premuti a terra, ai lati della testa, ma riesco comunque ad agitare il mignolo.

Il tipo mi scruta un momento. Sorrido, tutta dolce e innocente. Affidabile.

Sospira e si alza in piedi. "Non fare stranezze." Mi punta contro un dito ammonitore. "Non sono qui per farti del male, ma se combini pasticci ti punirò."

Le mie parti intime hanno un fremito. Non sono eccitata, figurarsi! I capezzoli premono contro al top perché fa freddo. Mi stringo le braccia attorno al busto, non si sa mai.

Il mio gigantesco ospite indesiderato è alla porta a scambiare banconote per un cartone quadrato bianco e rosso. Non gridare è stata la cosa giusta da fare. Il tipo della pizza è la metà di lui, e pare non vedere palestre da un po'. Mister Muscolo invece sembra che ci viva, in palestra, o che dorma su una panca da sollevamento pesi mentre fa ripetute.

"Non dimenticare la mancia" gli dico.

Mi lancia un'occhiataccia e poi mi volta le spalle. Yuppiedù. Il didietro è sodo come il davanti. Devo essermi fissata un attimo a pensare porcate sul tipo, perché due secondi dopo sta venendo verso di me col cartone in una mano. Con l'altra mi prende per un gomito e mi spinge sul divano.

"Siediti" mi ordina, e io eseguo. Appena il mio sedere tocca il divano, allungo le mani verso la pizza.

"Non così veloce. Prima parliamo."

"Che punizione crudele e insolita" bofonchio.

Mi lancia un'altra occhiata della serie *Ma che diavolo…?* e io la ignoro. Ci sono abituata.

"Beh, è insolita. E crudele. Io ho fame!"

"Poi ti do da mangiare. Adesso ho bisogno di farti delle domande." Appoggia la pizza davanti a me sul tavolino e poi allunga uno stivale sul bordo, tra me e l'oggetto del mio desiderio. Questo ovviamente mette in bella vista il rigonfiamento che ha in mezzo alle gambe, in un'esibizione di un altro potenziale oggetto del desiderio.

No! Cattiva Foxfire!

"La tua amica ti ha parlato di noi. Sono qui per capire quanto sai."

"Noi? Noi chi?" Con riluttanza alzo gli occhi sul suo viso. Ora che ci penso, ha un aspetto familiare. Un altro dei vicini di Amber? Sembra che tutta la banda di Garrett abiti in quell'appartamento. "Non so neanche come ti chiami."

"Tank."

Tank. Non discuto sulla stranezza del nome. E poi si sa che i membri di una banda si beccano sempre soprannomi cazzuti al rito di iniziazione per entrare nel gruppo. Glielo chiederei, ma dubito che sia propenso a parlarmi della vita da gang. E dato che sembra un armadio, lascerò perdere.

Per ora.

"Va bene, signor Tank…"

"Tank e basta."

"Tank e basta" mi correggo, e lui chiude gli occhi, frustrato. Eccellente. "Cosa vuoi sapere?"

Fa un respiro profondo. "Oggi hai affrontato Garrett fuori dall'appartamento di Amber. L'hai accusato di essere un lupo mannaro."

"Sì, e allora?"

"Ho bisogno di sapere cosa ti ha detto Amber di noi."

"Non mi ha detto niente. Stavamo parlando dell'appuntamento finito male. E fra una cosa e l'altra, ha accennato a voi."

"Cos'ha detto esattamente?"

"Non posso dirtelo. Andrebbe contro il regolamento tra ragazze."

"Signorina Hines" ringhia.

"Chiamami Foxfire."

"Signorina Hines." La voce diventa ancora più profonda e ringhiante. "Credo tu non capisca la serietà della faccenda. Amber è venuta a sapere alcune cose che ci riguardano, e ha giurato riservatezza al nostro capo, Garrett. Dato che ha parlato, potrebbe trovarsi nei guai."

"Mi pareva avessi detto che stava bene."

"Non ci piace che gli esterni parlino di noi. La gravità della punizione dipende da quanto ti ha detto."

Ancora quella parola. *Punizione*. Mi piace un po' troppo.

"Voi motociclisti siete piuttosto fuori di testa." Non li chiamo *banda*, perché magari è offensivo. O forse no, perché sono decisamente una banda. Un mucchio di tipi grossi e pericolosi, ricoperti di tatuaggi tutti uguali, che guidano la moto, stanno sempre insieme e seguono una sorta di regolamento da fratelli. Il capo è proprietario di un sacco di attività, e lavorano tutti per lui. Non ho avuto sentore di attività criminale, ma non intendo fare domande al riguardo.

"Dimmi solo quello che ti ha detto Amber."

Un tintinnio di campanellini ci interrompe.

"È il tuo telefono?" Tank lo afferra prima che annuisca. Ci chiude il pugno attorno e stringe. Quando apre la mano, i pezzi del cellulare cadono sul pavimento.

"Wow" esclamo stupefatta, fissando quello che resta del telefonino.

"Devi iniziare a fare attenzione, signorina Hines. Sono qui per scoprire quello che sai, e nessuno di noi due andrà da nessuna parte finché non sarò soddisfatto."

~.~

Tank

"CHE FIGATA!" squittisce. "Hai spappolato il telefono a mani nude." Si ferma e arriccia il naso. "Aspetta... era il mio."

Non posso fare altro che scuotere la testa. "Sì, principessa. Fino a che non avrò quello che voglio, tu non andrai da nessuna parte e non parlerai con nessuno."

"Posso avere la pizza?"

"Prima parla, poi la pizza."

"Amber non mi ha detto niente di voi."

"Hai chiamato Garrett lupo mannaro."

"Sì, perché vi chiamate così."

Cazzo. Incrocio le braccia sul petto. "Amber ti ha detto che siamo lupi mannari?"

"Sì."

"E tu le hai creduto?"

"Beh, sì. Siete una banda. Vi chiamate così. Potete chiamarvi come vi pare, per quello che mi riguarda. I Jet, gli Squali, i Lupi Mannari… le Iguane Pazzoidi… qualsiasi cosa secondo voi vi faccia apparire cazzuti, arrabbiati."

Mi passo una mano sugli occhi. Questa ragazzina non ha idea di quanto poco manchi perché le prenda a schiaffi quel bel culetto che si ritrova. E il mio cazzo pensa che sia un'idea *meravigliosa*.

"Quindi è per questo che sei venuto?" dice ridendo. "Per chiedermi cosa so della vostra banda?"

"Dimmi quello che sai."

"So che andate in moto." Inizia a contare sulle dita. "Alcuni di voi vivono nell'appartamento vicino ad Amber, la mia migliore amica. Il vostro capo ha tentato di sedurla, in modo miserabile, e l'ha mollata nel mezzo del primo appuntamento."

"Tutto qui?"

"Tanti di voi hanno tatuaggi della luna sulle nocche delle mani." Fa una smorfia. "Lupi mannari e luna piena. Molto originale. Avete anche il Club Eclipse. Vi attenete alla perfezione al tema, ve lo concedo. Ecco." Alza le mani in aria. "È tutto quello che so. Sei venuto per ricattarmi? Perquisirmi?"

"Non ci piace la gente che ficca il naso nei nostri affari."

"Beh, a me non piacciono gli stronzi che frequentano la mia amica. Non me ne frega niente se Garrett l'Uomo-Lupo è proprietario della metà degli edifici qua intorno. Non può trattare così la mia amica."

Inarco un sopracciglio. "Altrimenti?"

Si sporge in avanti e mi punta un dito in faccia. "Lo finisco."

Trattengo un sorriso. Lei agita il dito e fingo di morderglielo. Tira indietro la mano di scatto con un gridolino. Finalmente. Un pelo di paura.

"Molto divertente." Incrocia le braccia sul petto, imitando la mia postura.

"Garrett non farebbe mai del male ad Amber."

"Ci sono un sacco di modi per fare del male" dice Foxfire. "Solo uno di questi è fisico."

Piego la testa di lato. "Hai ragione. Vedo che non sei una minaccia per la nostra organizzazione. Non vogliamo causare guai, ma come hai detto, Garrett è proprietario di un sacco di roba, e non vuole che girino cattive voci sul suo conto."

"Beh, mi spiace che Garrett tremi tanto di paura; non mi ero resa conto che fosse così sensibile."

Sta di nuovo insultando il mio alfa. Se fosse mia, finirebbe piegata sulle mie ginocchia così velocemente che… cavolo, mi girerebbe la testa. Non ho mai avuto tanta voglia di sculacciare qualcuno in vita mia. "Bada a come parli."

"Bada a come parli tu." Mi fulmina con lo sguardo.

Incredibile. "Sei alta un metro e una banana e pensi di potermi mettere sotto?"

"Sono alta un metro e sessantacinque!"

"Sì." Sbuffo. "Con un tacco dodici." Non so perché sto cercando di farla innervosire. Il mio compito potrebbe benissimo essere finito. Garrett magari vorrà che chiami un succhiasangue per cancellarle la memoria, ma potrebbe bruciarle il cervello. Non penso che se lo meriti. Anche se ha un gusto pessimo per la tinta dei capelli.

"Non posso crederci, tu… tu…"

"Attenta." Pazzesco che debba mettere in guardia una ragazzina, dissuaderla dal mettersi a discutere con me. Il mio lupo potrebbe mangiarsela in un boccone. Non che lo farebbe davvero. Sono più interessato a mangiarla in un altro modo. Dopo averle scaldato un po' quel bel culo.

Diventa rossa in viso.

"Siediti, Foxfire" le ordino.

Lei crolla immediatamente sul divano. *Molto reattiva.* L'atteggiamento intrepido è tutta sbruffoneria. E come biasimarla? Vive da sola, la sua migliore amica è un avvocato stakanovista e bacchettone. È sabato sera e la principessa di La La Land è a casa da sola.

"Ovviamente abbiamo fatto un errore." Garrett probabilmente non vorrebbe lasciar correre tanto facilmente, ma non permetterò a nessun succhiasangue di toccarla. Possiamo trovare un altro modo per farla stare zitta. Non che sappia qualcosa, ma nonostante faccia tanto la saputella, la ragazza ha effettivamente cervello. Se Garrett continua a ronzare attorno ad Amber, potrebbe metterci davvero poco a scoprire la verità.

"Devo fare una telefonata. Mangia la pizza." Apro il cartone e la lascio lì, portandomi in un angolo appartato per parlare con il mio alfa. Si sentono un paio di squilli e poi parte la segreteria.

"Ehi, capo" dico abbassando la voce. "Sono a casa della ragazza. Non sa niente. Pensa che siamo una banda di motociclisti e che ci facciamo chiamare Lupi Mannari." Faccio un respiro profondo. Vorrei dire che secondo me dovremmo lasciarla in pace, ma qualcosa mi mette un freno alla lingua. Il mio lupo. Vuole restare con lei ancora un po'.

"La tengo d'occhio fino a che non mi richiami, vedo se riesco a farle dire qualcos'altro."

Controllo i messaggi, ma non c'è nessuna comunicazione dal branco. Potrei provare a sentire Trey e Jared, ma a questo punto devono essere arrivati in Messico, o da quelle parti. Dovrei essere con loro, a caccia della nostra compagna di branco sparita, invece di fare da baby-sitter alla piccola Miss *Looney Tunes*. Ora che sono a casa sua, sento l'odore di marijuana, anche se non direttamente addosso a lei. Non è una che fa uso di droghe. È sballata di suo.

Prima il mio alfa chiama e mi ordina di andarmene, meglio è. Il mio lupo non è d'accordo, però, a ulteriore conferma della cosa.

È ancora seduta sul divano e mi guarda con occhi sgranati. La pizza è intatta davanti a lei. "Dov'è Amber?"

"È al sicuro. Non le succederà niente."

"Come faccio a sapere che non mi stai raccontando palle?"

"Fai la brava e ti farò parlare con lei. Adesso è occupata."

Foxfire mi lancia un'occhiataccia.

"È con Garrett."

"Garrett? Il cazzone?"

Ringhio. "Non insultarlo."

"Ha abbandonato la mia amica in cima a una montagna."

"Aveva i suoi motivi." Stava per cedere alla pazzia della luna in pubblico. "Amber stava benone."

"Sì, perché sono andata a prenderla io. Se la seduce ancora e le spezza il cuore, indovina un po' chi raccoglierà i cocci? Io."

"La tua amica sta bene. È completamente al sicuro. Pensavamo che avesse infranto delle regole, ma Garrett si sta occupando della cosa."

"Regole? Cacchio, che pigna nel culo che siete, te e la tua banda."

"Non puoi neanche immaginarlo." Vorrei davvero darle un assaggio di chi è che comanda tra noi due. Ma non fa parte dell'incarico. Peccato davvero. I lupi insegnano la disciplina alle loro compagne. Al mio lupo piace l'idea di darle una punizione, e il pensiero mi alletta anche l'uccello.

"Su, mangia." Indico la pizza.

Lei mi fissa. "Intendi restare?"

Annuisco.

"Per quanto tempo?"

Finché non saprò che non sei una minaccia per il branco. "Quanto mi pare." Sta respirando affannosamente, le sue piccole spalle si alzano e si abbassano mentre cerca di contenere la rabbia. I seni tendono la stoffa della maglietta. La scena mi suscita sensazioni interessanti al basso ventre. "Ti tingi i capelli?"

"No" mi dice con un ghigno. "Crescono così, naturalmente."

Non posso farne a meno. Rido. È troppo ridicola.

Mi siedo dall'altra parte del divano.

Foxfire mi fissa come se stesse cercando di decidere se sia meglio collaborare o ribellarsi. Per quanto ne so, entro un minuto potrebbe decidere che spingermi giù dal divano sia un'ottima idea.

Stendo le gambe. Sono alto un metro e novanta per centoquindici chili di muscoli. Farciti di forza da lupo mannaro. In un incontro di lotta libera, so chi vincerebbe. Spero quasi che ci provi.

Arriva a una decisione e mi rivolge un sorriso smagliante.

"Vuoi un po' di pizza?"

La La Land.

~.~

FOXFIRE

TANK MI GUARDA SBATTENDO le palpebre. Per essere un gendarme della gang, si comporta abbastanza da brava persona. Decisamente grosso e muscoloso, di sicuro non abituato a trovarsi davanti qualcuno che gli disobbedisce.

Dovrà aspettarsi grosse sorprese.

"Ho preso una superfarcita." Allungo una mano e prendo un trancio. "Cioè, dovrei mangiare sano, quindi avrei dovuto prendere una vegetariana, ma poi mi viene voglia di carne. E allora dico sempre che prendo la superfarcita e poi levo quello che non fa bene. Odio le olive, quindi basta che le tolgo. Se vuoi mangiarne mezza, serviti."

"Ok" dice lentamente.

"Non l'ho avvelenata" dico, prima di prenderne un morso. Mastico, mando giù e sorrido. "Non me ne hai dato il tempo."

Resta impietrito con il braccio teso verso la pizza. Faccio un sorriso ancora più radioso, mostrandogli tutti i denti.

Ho deciso di collaborare. Nel mio personalissimo e fantastico modo alla Foxfire. Farò la scemotta inetta fino a che non si renderà conto del suo errore. Ma non gli permetterò di farla franca così facilmente. Gliela farò pagare. Si pentirà di aver deciso di farmi incazzare. Lo farò diventare matto.

Nel frattempo, pizza.

Spazzolo via tre tranci, poi inizio a rallentare. Dio, avevo proprio fame. Ho guardato Tank per tutto il tempo. Ha un aspetto familiare...

"So dove ti ho visto. Sei il buttafuori dell'Eclipse."

"E tu sei la ragazzina che non sa tenere in corpo gli alcolici."

"Sto attraversando una crisi sentimentale devastante. Ho

il permesso di esagerare." Gli punto contro una crosta di pizza per indicarlo. "Faresti meglio a mangiare, se ne vuoi."

Scuotendo la testa, allunga di nuovo la mano per prendere il suo primo trancio. Lo manda giù con un boccone. Ne prende un secondo, lo piega insieme a un terzo facendo un panino di pizza e la mangia così. In due minuti ha fatto fuori mezza pizza.

"Cavoli. Vuoi che ne ordini un'altra?"

Scuote la testa.

Lo osservo meglio. Scarponi da motociclista, jeans, maglietta tesa su stratosferici muscoli da Ercole. Ha addosso odore di olio per motori e qualcos'altro: sembra cannella, non mi dispiace. Ho un ottimo olfatto. In passato a volte mi è capitato di non uscire con dei ragazzi o di non accettare clienti perché non avevano l'odore giusto. Una delle tante cose strane di me.

Per quanto grande e grosso, e malgrado il tentativo di mettermi in soggezione, sembra schivo. I movimenti sono calibrati, attenti. Non me lo vedo a fare del male a una donna. Forse è per questo che mi sono sentita da subito a mio agio a stuzzicarlo.

"Cosa c'è?" mi chiede, e mi rendo conto di fissarlo da un minuto abbondante.

"Niente." Fingo totale innocenza. "Allora, com'è che sei diventato un Lupo Mannaro?"

Gli va quasi di traverso la pizza. "Cosa?"

"Immagino che tu non sia nato con una motocicletta tra le gambe. Quand'è che sei entrato nella banda?"

Si schiarisce la gola. "Non è una banda. È un club."

"Oh." Piego la testa di lato. "Un club. Come i Moschettieri?"

"No."

"Avete dei fan?"

"No." Si massaggia la fronte.

"Allora, le donne possono diventare Lupi Mannari? Ho sempre voluto imparare a guidare la moto."

"Non ci chiamiamo così. Almeno non in pubblico."

"Giusto. Avete solo tatuaggi della luna e lupi dipinti sulle moto."

Mi guarda torvo e alzo le mani in segno di difesa.

"Che c'è? Siete fedeli al tema, come ho detto. Lo ammiro. Se non volete che il nome sia tanto chiaro, non dovreste starvene sempre al Club Eclipse." L'espressione di Tank è meticolosamente inespressiva, ma vedo che sto toccando un nervo scoperto. Bene. "Garrett per caso vi fa fare danze da mostri quando c'è la luna piena? Perché dovrebbe, sul serio. Potrebbe essere una specie di iniziazione. Con la musica di 'Thriller'."

Scuote la testa.

"No? E allora come fa la gente a entrare nel club?"

"Non ci si può entrare. Devi avere uno sponsor."

"E a te chi ti ha sponsorizzato?"

"Mio padre."

"Fa parte del club anche lui?"

"Sì." Distoglie lo sguardo, come pentito di avermi rivelato il dettaglio.

"Oh, che bello. Una cosa di famiglia." Sorrido con dolcezza e lui serra la mandibola. Sta praticamente stringendo i denti.

Eccellente.

"Allora, se io mio procuro una moto, tu mi fai da sponsor?"

"No."

"No? Ho tantissimo da offrire al club. So fare dei margarita strepitosi. E anche i cupcake al gusto di margarita."

"No."

"Posso sistemare il sito del club. L'ho visto, e fa schifo."

"Hai indagato su di noi?"

Ops. Si è tutto irrigidito di nuovo. Scrollo le spalle. "Il tuo capetto esce con la mia migliore amica. Ho fatto qualche ricerca." Mi lancia un'occhiataccia e alzo le mani. "Rilassati. Ho trovato tutta roba legale. A parte il sito. Un abbinamento di colori come quello dovrebbe essere vietato. Sì, se mi lasciate fare, ve lo sistemo a prezzo da amico."

"Fai siti web?"

"Sì. Fa parte del mio lavoro. Marketing e branding online. Guarda, ti faccio vedere." Salto in piedi. Si alza anche lui, ma lo fermo con un gesto della mano. "Vado solo a prendere il portatile."

"Non metterci troppo" mi ordina.

"Non ho intenzione di scappare dalla finestra." Non ancora, almeno. Non se riesco a cacciarlo via in qualche altro modo. "Mi ripeti quanto hai detto che pensavi di fermarti?"

"Quello che serve."

"Se vuoi qualcosa da bere, serviti. Ho acqua e acqua."

Prendo il computer. Prima di tornare, infilo la testa nel bagno e mi do una lavata ai denti. Mi scompiglio un po' i capelli e mi metto un velo di lucidalabbra. Non che abbia intenzione di flirtare, figuriamoci. Ma non si sa mai. Tiro un po' su le ragazze, giusto per sostegno, eh, non certo per metterle in mostra davanti a un motociclista sexy.

Quando torno, si è fatto fuori il resto della pizza. E c'è un bicchiere d'acqua per me posato accanto al suo. Li ha messi entrambi su dei sottobicchieri

"Un lupo mannaro casalingo" mormoro.

"Prego?" Solleva lo sguardo. Ha un udito acuto. Buono a sapersi.

"Hai messo i sottobicchieri." Gli sorrido. "La tua ultima

ragazza era una stronza? Ti ha portato a un corso di obbedienza?"

Rido della mia battuta, mentre lui guarda la porta con espressione malinconica. Poveraccio, bloccato qui con me. Non sono andata al college, ma ho imparato l'arte di infastidire la gente.

"Ecco." Apro il portatile e gli mostro il mio portfolio clienti.

"Hai fatto tutto questo da sola?"

"Quando impari il design di base, non è poi così difficile." Tiro fuori i progetti più recenti e gli mostro il prima e il dopo.

"Bello. Davvero bello. Fai degli ottimi lavori."

"Beh, grazie."

Mi risiedo. Accidenti, devo seguire il piano. Ma fare colpo su di lui mi fa sentire benissimo.

Continuo a scorrere tra i lavori. Lui si avvicina di più. Molto di più. Il calore del suo corpo mi penetra dentro. Ha praticamente il naso tra i miei capelli, come se stesse…

"Ehi bello, mi stai annusando?" Mi allontano, spostandomi più in là sul divano.

"Scusa" mormora. "Sai da…"

"Ho il deodorante."

"Lo so. Non intendo dire che hai un cattivo odore. È solo che…" Si interrompe, con un cipiglio sul viso.

"È solo che… cosa?" Alzo un braccio e mi annuso sotto l'ascella, giusto per essere sicura. In bagno non ho messo profumo, perché non volevo fare una mossa troppo evidente.

"Niente."

"Beh, e tu scusa? Sai da olio per motori."

Sbatte le palpebre. "Lo senti?"

"Sì. Ho sempre avuto un olfatto molto fine. Lavori con le auto?"

"Sì, ho un'officina."

"Un'officina? Quella della banda?"

"Il club."

Apro il sito del club e clicco sull'officina.

"Fai buoni affari?"

Scrolla le spalle.

Navigo nel sito, ignorandolo per qualche minuto. Questo tizio mi confonde come nessun altro è mai riuscito a fare.

"Sai, non ho intenzione di dire a nessuno di voi. Ora puoi andare."

"No, fino a che Garrett non mi richiama."

"Fai sempre tutto quello che ti dice?"

"È un bravo capo." Tank allunga le gambe. "Hai una TV?"

"No. La TV ti fa marcire il cervello."

"E la marijuana no?"

"Cosa?" Arriccio il naso. "Non la prendo più quella roba."

"Allora cosa sono quelle lampade per piante nell'altra stanza?"

"Quelle sono per i pomodori."

Resta fermo a fissarmi.

"Va bene" dico sospirando. "Possiamo guardare Netflix sul computer."

CAPITOLO TRE

oxfire

A UN CERTO punto Tank chiude il portatile.

"È ora di andare a letto."

"Ma che…!" grido. "Sono solo le…" Guardo l'orologio. È quasi mezzanotte.

"Su." Indica la mia stanza.

Sbadiglio. Sono piuttosto stanca. "Ok, stronzetto."

Scuote la testa ma non mi corregge. Anzi, mi pare di scorgere una leggera curvatura agli angoli della bocca.

"No, aspetta, passi la notte qui?"

"Hai capito, principessa. Proprio qua fuori." Ha già trovato una coperta e un cuscino per il divano e ha portato dentro dal pick-up un borsone nero. Deve averlo preso mentre ero in bagno.

Mi fermo un momento.

"Non corri nessun pericolo con me" dice con tranquillità.

25

Per qualche motivo, gli credo. Non sono sicura del perché, ma è così.

Ma la situazione è davvero stupida. Agli arresti domiciliari per un malinteso.

Mentre mi lavo i denti in bagno, rifletto sulle opzioni di fuga a mia disposizione. Potrei fregargli il telefono e provare a chiamare Amber. Non è la presenza di Tank a preoccuparmi, quanto il pensiero di Amber coinvolta in qualche bizzarra attività della gang. Il massimo dell'eccitazione per la mia amica avvocato è fare un brunch con ancora addosso i pantaloncini da yoga, dopo la lezione settimanale di hatha. Il fatto che stia frequentando il vicino motociclista, selvaggio e tutto tatuato è al primo posto nella mia lista di *Figurarsi, non succederà mai*.

Lista che stavo appunto riconsiderando. Un paio di ore con Tank e non sottovaluterò mai più il potere che hanno i motociclisti grandi, grossi e ringhianti sulle ovaie di una signora. Sono a un passo dal lanciarmi addosso a Tank e scalarlo come un albero.

Spingo indietro i capelli arcobaleno, stringo i gomiti tra loro per tirare su le tette e guardo lo specchio con la faccia imbronciata. "Ti piaccio, ragazzone?"

"Tutto bene là dentro?" mi chiede Tank.

Merda. Dev'essere qua fuori dalla porta, per assicurarsi che non salti fuori dalla finestra o roba così.

"Un minuto!"

Mi lecco le labbra e mi acciglio. C'è un altro modo per controllare il tipo. Non mi vergogno, l'ho già fatto in passato: per evitare le multe o cose del genere. Un po' di civetteria non farà male a nessuno. E fare la parte della sorellina rompipalle non sta funzionando.

Devo sedurlo.

"Foxfire." Tank bussa alla porta. "Sbrigati…"

Apro la porta di scatto, prima che finisca la frase. "Oh, sei ancora qui."

Mi guarda sbattendo le palpebre. Nel giro di pochi istanti, la pazza Foxfire è diventata la sexy Foxfire. Mi sono spazzolata i capelli, messa il burro cacao e una spruzzata di profumo. Niente di che.

Solo che adesso sono nuda sotto all'accappatoio.

Aspetto di arrivare al letto, poi allento il nodo e lascio che i lembi si scostino.

"Peccato che tu debba restare là fuori tutta la notte" miagolo, mentre lui controlla le finestre. La casa è vecchia: l'ultima mano di vernice ai balconi risale a trent'anni fa.

Tanto dalle finestre non ho intenzione di scappare. Se il piano seduttivo funziona, non ce ne sarà bisogno.

Tank si gira, mi lancia un'occhiata e si ferma. Gli sorrido.

"No." Praticamente lo dice ringhiando. È di allarme quell'espressione che gli vedo in viso?

Mi sa che il sesso è davvero l'arma migliore. Almeno quando si ha a che fare con lo sgherro gigante di un club di motociclisti. "Cosa c'è?" chiedo, sbattendo le ciglia.

Lui mi supera e va all'armadio. Apre un cassetto e inizia a rovistarci dentro.

"Che stai facendo?" chiedo con voce gracchiante, lanciandomi verso di lui.

"Tieni." Mi lancia una maglietta. "Mettiti questa."

"Perché?"

"Perché te lo dico io. E in questo momento la mia parola è legge."

Metto il broncio. "Ma io dormo nuda."

"Non stanotte."

Scrollo le spalle. "Va bene."

Spingo in fuori il labbro inferiore mentre prendo la maglietta. Aspetto che Tank mi guardi negli occhi. Poi scrollo le spalle e l'accappatoio cade a terra, lasciandomi con nient'altro addosso che le culottes.

Il suo pomo d'Adamo si alza e abbassa, e noto il sesso gonfio contro ai jeans. Ho colpito il bersaglio in pieno.

Mi infilo la maglietta, con una risatina e spingendo le spalle indietro. Non mi metto spesso questa maglia: è stretta per i miei gusti. Ma stanotte è davvero perfetta. Il color lavanda si abbina perfettamente alla mia pelle, e le ragazze sono in bella vista. "Era così che volevi?"

Sento ancora quel ringhio salirgli dal petto. "Vai a letto." Il volto è impassibile, e il gonfiore in mezzo alle gambe non è calato.

"Mi rimbocchi le coperte?" Insisto, le farfalle nello stomaco per l'eccitazione.

"Non lo vuoi veramente."

"Non voglio cosa, paparino?" Sono tanto vicina che se mi chinassi in avanti gli sfiorerei il petto con le tette. Il petto duro come la roccia. Vabbè, facciamolo.

Appena i capezzoli turgidi lo toccano, una scossa elettrica mi attraversa le parti intime. Un fremito mi pervade in tutti i punti giusti, catalizzandosi in mezzo alle gambe.

"No, tesoro." Tank mi afferra le braccia e mi allontana di un passo con espressione sofferente in volto. "Non è quello che vuoi."

"Sono una ragazza grande" gli ricordo. "So quello che voglio. Stanotte voglio essere cattiva."

"Non possiamo" dice a denti stretti.

La sua serietà squarcia il torpore derivato dalla mia eccitazione. "Non mi vuoi?"

"Non è questo." Le sue grosse dita mi si chiudono attorno a un ciuffo di capelli: un ricciolo azzurro, attentamente pettinato per lui. Lo stringe, il pugno tremante come quello di un drogato che ha bisogno della sua dose. Poi lo lascia andare. "Non è quello che vuoi."

"Perché no?"

"Sono rude." La mano mi si appoggia sul collo. Non stringe, ci tiene solo le dita sopra, come a dimostrare la sua pericolosità.

Non sono per niente dissuasa. Neanche un po'. "Ah sì?" Respiro.

"Sì. Quando scopo, scopo forte." Mi tira a sé e mi tiene contro al suo corpo. Lo sento. Ogni singolo centimetro.

Il mio battito accelera.

"Non ti piacerebbe, tesoro. Perché sarà sempre come voglio io." China la testa e le sue labbra mi toccano l'orecchio. "Io dico *allarga le gambe*, e tu allarghi le gambe. Io dico *montami sopra*, e tu mi monti sopra." Il sussurro mi fa fremere. "Io dico *vieni*, e tu vieni. E non finisce fino a che io non dico che è finita. Anche se mi implori di fermarmi."

I fuochi d'artificio mi esplodono nel cervello. Sento una fitta in mezzo alle gambe, come se già mi avesse detto di venire.

Benny faceva schifo a letto. Ma davvero schifo. Talmente tanto che generalmente lo incoraggiavo a masturbarsi mentre io mi toccavo da sola. Fondamentalmente, sono all'asciutto da due anni.

Il piano di seduzione mi si è appena rivoltato contro. Alla grande.

"Allora che facciamo?" mormora, infilandomi una ciocca di capelli dietro all'orecchio. "Sarai la mia brava bambina?"

Schiudo le labbra. "Sì" è sulla punta della lingua. Ho le mutandine fradice.

No, Foxfire! Cattiva ragazza! Cattiva! Dovrei essere io a sedurlo! Non dovrei essere qui a sciogliermi in una pozzanghera ai suoi piedi.

Le sue labbra sono di nuovo sul mio orecchio. "Sarai una brava bambina stanotte, tesoro. Sai perché?"

"Perché?"

"Perché sei fai la cattiva… verrai punita."

~.~

Tank

DOVEVA ESSERE UN LAVORO FACILE. Entra, occupati della ragazza, esci. Proteggi il branco.

Sono appoggiato al muro fuori dalla camera di Foxfire, e ce l'ho in tiro e grosso come una mazza da baseball. Sto per perdere il controllo. Il mio lupo ulula per avere la sua preda.

Foxfire. Cazzo.

Per tutta la sera sono passato dalla voglia di dominarla alla voglia di ridere. Non ho mai incontrato nessuna donna così irritante. E carina. E insolente. E furba. Voglio punirla, sculacciarle quel culo tentatore, allargarle le cosce. Scoprire che voce ha quando grida *paparino* mentre con la lingua mi lavoro il clitoride. Infilarmi in tutti i suoi giochetti e stuzzicarla fino a scoprire cosa le piace. Essere quello che le dà piacere.

No. Non ci si incasina con le umane, neanche con quelle carine che affascinano il mio lupo.

Mi pare quasi di sentire mio padre. Mi ha insegnato per tutta la vita a stare attento alla trappola della fica. "Figliolo, non cedere mai a una donna. Se le dai una mano, si prenderà tutto il braccio."

Io darei ben più di un braccio a Foxfire. Ma non voglio solo scoparla. Voglio che sia mia.

"Dai, dai" mormoro premendo i tasti del cellulare. Garrett. Jared. Trey. Nessuno risponde alle chiamate e ai messaggi. Ho chiamato Sam all'Eclipse, ma i lupi di turno al club stanotte non hanno una posizione elevata all'interno del branco e non sanno niente. Non dico loro quello che sta succedendo: Garrett non vuole che circoli la voce della scomparsa di sua sorella Sedona. Io sono il suo vice. Gli copro le spalle. Vorrei solo che mi chiamasse.

Al diavolo. Quello che voglio è scopare Foxfire per una settimana intera, e poi ricevere la chiamata del mio alfa.

"Il branco viene prima di tutto" mi ha detto mio padre. "Sempre. Una compagna può ingannarti, una donna ti può lasciare, ma il branco non ti tradirà mai. Tutto quello che abbiamo lo dobbiamo ai nostri fratelli lupi."

"Ci sto provando" mormoro. Per un secondo penso di chiamare mio padre, ma no. È di un altro branco e so cosa direbbe. Non sono dell'umore di ascoltare una ramanzina.

È un problema mio, e intendo affrontarlo da adulto. Aspetterò che Foxfire si sia addormentata e poi mi farò un paio di seghe. Spero di alleviare così la tensione fino alla mattina, quando la rivedrò. Non mi disturbano neanche più i capelli strambi. Chissà se tinge allo stesso modo anche altri peli.

Una cosa alla volta, cazzo.

Rimetto in tasca il telefono – con attenzione, non c'è più tanto spazio nei jeans – e inizio ad allontanarmi in punta di piedi, quando sento un rumore.

Grat, grat, grat.

Che cazzo è?

Apro la porta.

Foxfire mi lancia un'occhiata colpevole. È vicino alla

finestra, con un chiodo di metallo in mano, e sta cercando di aprirla.

"Cosa stai facendo?"

"Ehm… cerco una boccata d'aria fresca?" Nasconde l'attrezzo dietro alla schiena.

Vorrei ridere, perché è la prigioniera più carina che abbia mai visto, diamine, e invece mantengo il volto impassibile. Non posso farle sapere che le sue buffonate stanno funzionando.

E credetemi, lo so che sta facendo apposta per farmi perdere il controllo.

"Bel tentativo, principessa." Le infilo una mano dietro alla nuca, ignorano il battito furioso del suo cuore contro al palmo.

Un odore riempie l'aria e me ne arriva una zaffata alle narici mentre la accompagno al letto. Fica calda e pronta.

"Sotto le coperte, ragazzina." Scosto le lenzuola.

"Mi leggi una storia?" Mi prende in giro con un viso da ragazzina speranzosa.

"Non sono tuo padre."

Si porta un dito alle labbra, in posa da perfetta civettuola. "Lo so, ragazzone." Mentre si piega per mettersi a letto, scodinzola con il sedere verso di me, e non posso trattenermi: le assesto una sculacciata su quel culo insolente.

Foxfire lancia un gridolino.

"Non ha neanche fatto male." Non attraverso la stoffa delle culottes. La prendo per le anche e mordicchio la carne colpita, poi vi stampo un bacio sopra.

Lei rimane immobile, il respiro sussultorio.

Cazzo. Cosa sto facendo? No ho la minima intenzione di immischiarmi con questa pazza umana. Non me ne frega niente se è carina.

Un altro schiaffo sul culo. La sensazione piacevole della sua carne morbida sotto alla mano è come una droga.

"Mettiti sotto a quelle coperte prima che ti tiri giù le mutande e ti dia una sculacciata come si deve" ringhio.

Non so se le parole dovevano suonare come una minaccia o un incitamento, ma chiaramente non la spaventano.

In qualche modo prendo a piene mani l'autocontrollo e faccio un passo indietro, in modo da allontanarmi tanto da non poterla toccare.

"Vai sotto alle coperte e fatti più in là."

Obbedisce. Non riesco a capire se sono sollevato o deluso.

"Cosa stai facendo?" mi chiede.

Afferro un cuscino: ne ha circa un milione, tutti di diverse forme e misure. Alcuni cadono sul pavimento mentre il letto si piega sotto al mio peso. Si sta strettini, ma lo faremo andare bene. "Vado a letto."

"Con me?"

Sì, cazzo, con te! Il mio lupo è soddisfatto.

Stai buono, amico.

Cerco di fare il serio. "Se sei fortunata, mi limiterò a dormire." Mi sdraio; il mio grosso corpo la schiaccia contro alla parete. "Continua a fare questi giochetti, e di darò una vera punizione. E poi dormiremo." Giuro che sento la sua eccitazione, che mi fa scattare l'uccello sull'attenti.

"Tutto quello che vuoi, ragazzone" dice con tono dolce, e sono piuttosto certo che questo round l'abbia vinto lei, perché io sono lo stronzo con un'erezione tanto potente da sollevare una macchina, mentre lei è quella con un'impronta della mia mano sul culo.

"Brava ragazza." *Bene così, dolcezza. Non sei la sola a saper giocare.*

Ho appena iniziato a rilassarmi, quando una vocina chiede: "Cosa intendi esattamente con punirmi?"

"Continua a insistere e lo scoprirai." Mi metto un braccio davanti alla faccia, ma non serve a niente. Sono teso come una molla. Avrei dovuto optare per il pavimento.

Un respiro profondo è l'unico avvertimento prima che Foxfire faccia la sua prossima mossa.

Il mio uccello è improvvisamente felice – molto felice – di sentire che un corpicino flessuoso mi si mette a cavalcioni. Posa le mani sui miei pettorali e si china in avanti, il fiato caldo sulla mia faccia.

Con un singolo movimento, ruoto e la blocco sotto di me. Il suo respiro è tremante e l'odore della sua eccitazione riempie *decisamente* l'aria.

"Tank?"

"*Non* è quello che vuoi, tesoro." Sul serio. Potrei farla a pezzi. Fa scattare le anche e infilo l'erezione nell'incavo tra le sue gambe.

Oh, cazzo. Mi sa che è bagnata per me. Anche attraverso i jeans sento le mutandine calde e fradice. Mi avvolge le gambe flessuose attorno alla vita, invitandomi in casa.

Spingo su la maglietta aderente che indossa e gemo alla vista dei seni. Né troppo grandi né troppo piccoli. Della perfetta dimensione di una mano. "Oh, bellezza, quei capezzoli vogliono farsi leccare, vero?"

Inarca la schiena, offrendomeli. Mi chino in avanti e faccio scattare la lingua su uno, per poi mordicchiarlo con i denti.

Quando risollevo lo sguardo, ha gli occhi grigi sgranati. Ogni finzione è sparita. Non sta più facendo la pazza o la bambina, ma mi guarda ansimante, apparentemente folgorata.

Sbatto di nuovo il bacino contro al bersaglio. Diavolo, come vorrei non essere vestito sopra a questa bellezza.

Lei annaspa. "Ahi… mi stai facendo male."

All'istante, la lascio andare e mi tiro indietro.

Cazzo.

"No, va tutto bene" dice. "Era solo che avevo i capelli incastrati sotto alla tua mano."

No, le farei davvero male se continuassi. Meglio fermarsi ora, prima di spingermi troppo in là, quando fermarsi non sarebbe più possibile. Mi passo le mani sul viso, voltandole le spalle in modo che non veda quanto poco mi manchi per strapparle di dosso i pochi vestiti che ha e finire quello che abbiamo iniziato.

"Sta' lì. Dormi" dico.

~.~

FOXFIRE

SONO TUTTA ECCITATA E FREMENTE. Potrei masturbarmi, ma Tank è così vicino che potrebbe sentirmi. Ha davvero un ottimo udito. E anche un ottimo olfatto. E praticamente ci vede al buio.

Peccato che non intenda scoparmi. Deve avere un certo codice d'onore, perché so che mi vuole. Non ho mai pensato che i motociclisti fossero dei pudici, e invece guarda qua.

Ora vorrei non avergli detto che mi stava facendo male. Volevo solo che spostasse la mano dai capelli, non che si staccasse come se l'avessi scottato.

Aspetto qualche minuto e poi esco in punta di piedi dalla

stanza, diretta alla cucina. Se non posso sedurlo, fuggirò in un altro modo.

"Foxfire? Che stai facendo?"

"Prendo solo un bicchiere d'acqua."

"Se non torni a letto tra due minuti…"

"Lo so, lo so, punizione" gli rispondo con voce allegra, poi torno all'acqua. Sento però uno scricchiolio. Sta venendo in cucina. Ora o mai più.

Entro nello stanzino attiguo alla cucina e mi accuccio vicino alla porta. Per una volta sono contenta che Benny non sia riuscito a convincermi a cambiarla. Ha uno sportellino per i cani: inutile, perché non ho mai avuto un animale domestico. Inutile, fino ad ora.

"Ma che cazzo…" Tank ringhia mentre mi infilo nella porticina.

"Ferma!" grida. Viene verso di me e colpisce la porta, ma il pavimento è inclinato e la porta si apre solo a metà. Un altro progetto che Benny non ha mai portato a termine. Pigro testa di cazzo. La porta si apre a sufficienza per me, ma uno con la stazza di Tank non ha altrettanta fortuna.

Poi ci sbatte contro un'altra volta, con tanta forza da farla vibrare, senza però romperla. Cavolo. Tosto il tipo.

Mi rimetto in piedi e corro, contenta di aver pensato di infilarmi le scarpe da ginnastica. Risalgo di corsa la collinetta dietro casa, scendendo poi verso il letto del fiume.

Ho scelto questa casa perché era graziosa, vicina al centro ma con il cortile sul retro addossato al letto di un fiume in secca, il che significa che posso avere accesso diretto a natura e deserto. Stare vicina agli spazi aperti mi rilassa. Quando il tempo è bello, lavoro fuori in veranda, rivolta verso le rive sabbiose che pullulano di mesquite e creosoto. Immagino di correre là fuori, camminando tutto il giorno per scoprire dove va a finire, perdendomi e ritrovandomi in mezzo alla natura selvaggia.

Non avevo mai pensato che avrei avuto bisogno di un nascondiglio.

Procedo a balzi in mezzo al nulla, le scarpe da ginnastica che scivolano tra le rocce.

"Torna qui!" ringhia Tank. Farà meglio a stare zitto se non vuole che i vicini si sveglino.

Andrei a bussare a una casa vicina, ma siamo nel cuore della notte. Chissà quanto ci metterebbero a rispondere. Per non dire che potrebbero anche arrabbiarsi, almeno quanto Tank. Ho una certa reputazione di stramba.

La cosa migliore che posso sperare è di seminarlo in mezzo ai campi e nascondermi. Scatto dietro a un cactus e mi accuccio.

Tank corre veloce per essere così grosso. Ed è silenzioso.

Tenendomi bassa, scatto di nuovo. La luna mi illumina la via, e poi ci ho sempre visto piuttosto bene di notte. Ma anche Tank ci vede bene.

Al quarto scatto, mi nascondo dietro a un masso e aspetto. Ascolto, ma non si sente niente.

Sento un formicolio sulla pelle. C'è qualcosa là fuori, che respira affannosamente. Un istinto più vecchio del tempo mi dice che non è umano.

Là fuori c'è qualcosa, e mi sta dando la caccia.

Scruto oltre il masso e incrocio uno sguardo luccicante. Il mio inseguitore è una specie di enorme cane nero. È un animale liberatosi dalla catena? O qualcosa di più sinistro?

Ho il nome di Tank a fior di labbra. L'uomo da cui sto cercando di scappare è quello che può salvarmi. Ironico, ma è così.

Mi alzo in piedi e corro velocissima.

Dietro di me la bestia scatta in azione. Sto correndo più

veloce che posso, e lui mi sta per raggiungere. "Aiuto!" grido. "Aiuto, Tank, aiuto!"

Un ringhio risuona alle mie spalle. È vicino. Morirò qui nella brughiera, fatta a pezzi da un animale selvatico.

E poi...

Tutto cambia.

Il buio si fa più intenso, e tutt'a un tratto vedo ogni cosa. Gli odori mi penetrano nel naso: il profumo fresco di pioggia del creosoto, gli alberi di agrumi in fiore, in lontananza. Qualcosa si muove in mezzo a un cespuglio: un corpo ricoperto di piume, che si nasconde e prega che i predatori passino oltre. Sento l'odore della sua paura.

La luna brilla su di me come un riflettore. La testa mi scatta all'indietro. Sento la spina dorsale tendersi. Il corpo si restringe... le mani passano dalla forma umana, a cinque dita, a quella di zampa animale. Cado pesantemente carponi, il corpo dolorante, il naso fremente di fronte a migliaia di odori nuovi. Sono aggrovigliata in brandelli di stoffa. Guaendo, mi libero dalla tenda creata dai miei stessi vestiti. Le gambe si muovono frenetiche sul terreno sabbioso, mentre mi divincolo. Mi scuoto con forza e i brividi scompaiono dalla pelle. Ho la pelliccia ritta sul corpo. La coda alta come quella di un gatto incazzato. Il corpo oblungo è agile e forte.

Pelliccia? Coda? Aspetta un minuto.

Punto il naso contro alla luna e guaisco. Le mie quattro zampe sono solide a terra.

Zampe? Ora sto davvero iniziando a spaventarmi.

C'è qualcosa che mi sto dimenticando. Qualcosa che dovrei fare.

Un ringhio si leva tra l'erba alla mia sinistra. C'è una forma scura accucciata lì, gli occhi che scintillano.

Cosa stavo facendo? Ah, sì... *scappando a rotta di collo.*

Con un guaito dal tono acuto, faccio un balzo in avanti e

corro in mezzo alle sterpaglie. C'è una pozza più avanti. Se ci rotolo dentro, magari riesco a confondere il mio odore. Il lupo dietro di me non riuscirà a rintracciarmi così facilmente.

Lupo? Come diavolo faccio a saperlo?

Dei denti scattano dietro di me. Il mio corpo trova nuova velocità: l'energia di chi è braccato. Sfreccio in avanti. Le quattro zampe spingono ininterrottamente contro il terreno.

Zampe? Quattro? Ma cosa…?

Ma mentre ci penso, perdo il ritmo.

Una zampa manca la battuta a terra e inciampo. Cado di lato, brancolando alla disperata ricerca di un appoggio.

Un'ombra cala su di me e un ringhio mi immobilizza.

Il lupo è sopra di me, abbassa la testa e mi annusa la pancia bianca. Le mie zampe tremano in aria.

La bestia… si trasforma. La luce della luna brilla sulla pelliccia nera che si ritrae, rivelando pelle tatuata e muscoli gonfi. Tank è davanti a me in forma umana.

"Foxfire?" La voce è roca come un ringhio, come quella di un lupo. Sta per esplodermi il cuore.

"Ritrasformati" mi ordina.

Un'improvvisa urgenza mi pervade, come se dovessi starnutire. Cedo e il mio corpo riprende le sembianze umane. Grido, tra le convulsioni dettate dalla sorpresa.

"Foxfire, va tutto bene. Stai bene." Tank si inginocchia accanto a me, mi prende per le spalle, cerca di tranquillizzare il mio corpo tremante. Sento un formicolio negli arti, ma a parte questo non provo dolore. Mi gira la testa. E – oh cazzo – sono nuda.

"Che c…" Cerco di parlare. "Cos'è successo?"

~.~

Tank

È UNA VOLPE. Una vera volpe, con la coda bianca e vaporosa e la pelliccia color ruggine. Muso affusolato e orecchie appuntite. Assomiglia talmente tanto a un lupo che avevo colto il suo odore, ma non ero riuscito a capire del tutto cosa fosse finché non si è tramutata. Una vera volpe mutante. Non ne avevo mai vista una. Non sapevo che esistessero fino a che non si è trasformata davanti ai miei occhi ed è corsa via, bellissima e flessuosa alla luce della luna.

Questo… complica le cose.

La prendo tra le braccia e la riporto verso casa. Geme nel mio abbraccio. Il corpo trema e le lacrime luccicano sulle sopracciglia. È spaventatissima. Di me? Della trasformazione? Ho avuto la sensazione che fosse la sua prima volta.

"Respira, piccola, respira" mormoro.

Siamo entrambi nudi, ma non è per questo che trema.

"Sto perdendo la testa. La luna mi ha chiamato. E io…" Alza le mani e mi guarda inorridita. "Avevo le zampe!" Punta gli occhi sgranati su di me. "E tu eri un lupo!"

Sì. La prima volta.

"Ok, piccola. Andrà tutto bene." Apro la porta con un calcio. L'ho mezza spaccata prima, e solo dopo ho deciso di trasformarmi in lupo e passare dallo sportellino per cani. I miei vestiti sono ammucchiati sul pavimento di linoleum, ma non mi fermo a raccoglierli.

"Per favore, dimmi che è stato un trip" dice piagnucolando. "Ci siamo fatti dei funghi o dell'acido o qualcosa del genere. Che è solo un sogno… solo un sogno."

"Shhh." Vado verso il divano, la metto giù e le poso sopra a una coperta. "Resta qui." La voce è pregna di impulso alfa. Prima sembra aver funzionato, tanto che sono riuscito a farla ritrasformare. C'è da ringraziare la luna. Altrimenti sarebbe potuta restare bloccata in sembianze di volpe a lungo, cercando di capire la situazione.

Alcuni mutanti si trasformano naturalmente. Altri hanno bisogno della supervisione di un alfa. La maggior parte di noi ha l'aiuto del branco e un sacco di mutanti esperti che fanno da accompagnatori nel processo. Almeno i lupi fanno così. Siamo animali da branco.

Le volpi non ne ho idea. Per quanto ne so, la signorinella spaventata qui sul divano è l'unica al mondo. Ovviamente i mutanti più piccoli e deboli non si fanno riconoscere, generalmente. Se i branchi di lupi sono segreti, i covi delle volpi – se esistono – probabilmente sono nascosti come se ne andasse della loro vita.

Prendo una bibita energetica dal borsone, insieme a un sacchetto di striscioline di carne essiccata.

"Tieni. Bevi questo." Le porgo la bottiglia. Foxfire sta tremando, ma allunga una mano per prendere la carne. "Hai consumato un sacco di energie per scappare e tramutarti due volte. Devi sempre bere e mangiare abbastanza, dopo, altrimenti può essere pericoloso."

"N-non l'avevo mai fatto."

"Lo so, piccola." Mi infilo un paio di pantaloncini della tuta, felice di essermi portato un paio di cambi. Ovviamente pensavo di finire il lavoro nel giro di un paio d'ore al massimo, per poi andare dritto in Messico.

La pallida bellezza dai capelli arcobaleno trema sul divano, e che sia dannato il mio lupo se la lascio adesso.

Le cose si sono appena complicate di molto.

 oxfire

MERDA. Merda. Merda.

È un sogno. Un sogno bruttissimo, come quella volta che Sunny ha lasciato fuori i suoi funghi e io li ho mangiati e pensavo che le pareti si sciogliessero.

La luce della luna e gli odori che mi circondavano erano bellissimi, ma è molto peggio di un brutto trip.

"Ecco." Tank mi si siede accanto e mi porge una barretta energetica.

"Basta carne essiccata?" chiedo speranzosa.

"Sei carnivora?"

"Ho provato tantissime volte a diventare vegetariana. Ma poi mi venivano delle voglie improvvise, mi sarei divorata anche carne cruda."

"Era lei che non te lo permetteva."

"Lei chi?"

"La tua volpe. Carina, comunque."

"La mia…"

"La tua volpe. Quella che è venuta fuori a giocare un secondo fa. È meravigliosa."

Lo fisso, ricordando l'armonia dei miei arti, la libertà, il nuovo mondo di odori. Tutto bellissimo e profano.

"Che cosa sono?"

"Davvero non lo sai?"

"Ehm, no. Un minuto, sono… un secondo sono su due gambe, e un attimo dopo mi trovo…" Mi si ferma il fiato in gola. "Sono…"

"Ok, ok, rilassati." Mi massaggia la schiena. "Respira e basta. Andrà tutto bene. Sei una mutante, come me. La maggior parte di noi ha il vantaggio di crescere in una casa con altri mutanti. Mio padre mi ha assistito durante la prima trasformazione. Sono stato precoce. Alcuni non si tramutano prima dell'adolescenza, e poi si svegliano di colpo a letto tutti pelosi. Di solito succede con la pubertà, talvolta prima."

"A me non è mai successo."

"Sì, beh, se dovessi tirare a indovinare, direi che la tua volpe è timida. Ed è sola, senza famiglia o protezione."

Mi appoggio a lui. Il cuore non batte più tanto forte, ma è grazie a Tank se mi sono tranquillizzata.

Volpe. Sono una volpe.

"Sei un mutante" dichiaro.

"Sì, tesoro. Sono un lupo."

Mi esce dalla gola un suono che è metà risata e metà farfugliamento. "Avevo notato."

Mi massaggia ancora un po' la schiena.

"Ecco allora perché Garrett ti ha mandato. Non fate parte di una gang che si chiama Lupi Mannari. Voi siete lupi mannari."

"Un branco." Dice dopo un lungo silenzio. "Faccio parte di un branco."

"Insieme a Garrett?"

"Sì."

Non c'è da stupirsi che tengano tutto segreto. Sarei meno sorpresa se avessi trovato nell'armadio l'ingresso per un altro mondo, ma in effetti la cosa mi rassicura. Almeno il comportamento di Garrett e Tank adesso ha più senso.

Apro e richiudo le mani. Mani, non zampe. Niente artigli. Non adesso.

"Ci sono altri come me?"

"Non che io sappia."

"Oh." Ancora una volta il mondo mi si inclina sotto ai piedi.

"Foxfire... c'è nessuno... sai, nessuno nella tua famiglia che potrebbe... avere un segreto?"

"Cosa, tipo la ricetta del chili della mia prozia Agatha? Oh, e magari che con la luna piena si trasforma in San Bernardo?"

Tank mi guarda, la fronte aggrottata. Penserà che sto impazzendo.

"No." Espiro tremando. "Niente del genere. Non ho realmente una famiglia: solo mia madre. E non penso che mi terrebbe nascosta una cosa del genere." Mi strofino le mani. Mani. Non zampe. Niente pelliccia. "Ho freddo."

Tank afferra la coperta e mi ci avvolge dentro, mettendomi un braccio attorno alle spalle, stringendomi a sé. "È la mutazione. Richiede energia. E tu sei pelle e ossa."

"Non è vero." Lo guardo accigliata.

"Sì, tesoro." Mi stringe più forte, tirandomi più vicino a sé. "Piccolina."

"Sì, beh, sono nata così. Non possiamo essere tutti spaventosamente alti e con la stazza di un camion."

"Di una cisterna. Una *tank*."

"Già." Una cosa che ha detto prima mi si presenta d'un tratto nella mente. "Aspetta, quindi credi che ci siano mutanti nella mia famiglia?"

"I mutanti generano mutanti. È genetico."

"Quindi mia mamma o mio papà…"

"Uno di loro porta il gene. Molto probabilmente possono tramutarsi. È quasi impossibile che due non mutanti con il gene latente generino un essere che può tramutarsi."

"Mia mamma." Scuoto la testa. "Non penso sia una mutante. Ho vissuto insieme a lei. La conosco da una vita."

"Non è mai sparita per ore in mezzo al deserto, di tanto in tanto?"

"No. Si fuma un sacco di canne, ma tutto qua."

Un altro lungo silenzio. "E tuo padre?"

"Non lo conosco."

Tank annuisce.

Deglutisco. Non ho mai conosciuto mio padre. In prima elementare l'ho desiderato , ma solo perché stavamo facendo un progetto di classe sui genitori. Mamma mi ha aiutata a fare la metà del progetto che la riguardava e l'altra metà sul presentatore del mio programma preferito, *Reading Rainbow*. Tutta la classe ha finito con il credere che fossi figlia di LeVar Burton. La mia popolarità è salita alle stelle e da allora non ho mai più rivolto un solo pensiero al mio misterioso donatore di sperma.

A parte ora. A causa sua, mi trasformo in una volpe. La cosa di maggiore impatto sulla mia vita me l'ha passata un uomo mai conosciuto.

Sospiro.

"Va tutto bene, Foxfire" dice ancora Tank, stringendomi con forza. Sarà anche un burbero gigante, ma è piuttosto bravo a darmi sicurezza. Mi sento molto meglio tra le sue braccia. Se non ci fosse lui, ora sarei davvero un disastro. Probabilmente pronta a consegnarmi al manicomio. "Andrà tutto bene."

"In che senso tutto bene? Mi trasformo in un animale durante la luna piena."

"Non solo durante la luna piena. Con un po' di esercizio, potrai tramutarti a piacimento."

"Oh, benone. Li posso lasciare tutti a bocca aperta alle feste."

Un suono gli romba nel petto, un mezzo ringhio. "No. Niente feste. Devi mantenere segreta la cosa."

"Ma non mi dire, Sherlock."

Mi prende con delicatezza il mento. "Ok, tesoro. Prima regola di qualsiasi branco. Rispetta i più grossi e letali di te. Te lo dico adesso, così non te lo dovrà inculcare qualcuno meno comprensivo di me."

Provo a pensare a un commento sarcastico, quando il suo sguardo dominante mi fulmina. "Va bene" mormoro abbassando gli occhi.

"Brava." Mi tira ancora più vicino a sé. Gli sono praticamente seduta in grembo. Mi infila il naso tra i capelli. Mi sta annusando ancora. Stavolta non mi dà fastidio. Dev'essere una cosa tra lupi.

"Allora questo significa che faccio parte del tuo branco?"

"No" risponde velocemente.

Rabbrividisco, ma non lo do a vedere. Questa creatura, questo animale dentro di me, vuole i suoi simili.

"La maggior parte dei mutanti sta con i propri simili. Ma non ho mai sentito parlare di un branco di volpi mutanti. Tu sei la prima che vedo."

Ottimo. Sempre strana, indipendentemente dalla specie. Ti pareva.

Raddrizzo la schiena e mi scosto per dare una scossa ai

capelli. Sono un casino, pieni di erba e ramoscelli. Ci passo in mezzo le dita.

"Lascia, faccio io" mormora Tank, iniziando a lavorarci. Quando ha finito, mi cinge di nuovo.

"Grazie." Lentamente, mi permetto di rilassarmi. "E adesso?"

"Ora aspettiamo. Hai bisogno di riposo. Domattina ti do da mangiare."

"Resti qui?"

"Sei ancora mia prigioniera. E sappiamo tutti e due che ti prendo, per quanto veloce tu riesca a correre."

Annuisco. Sono troppo stanca per mettermi a discutere. È qui solo da poche ore, ed è già un punto fisso della mia vita. Ma sono contenta. Mi sento più sicura accanto a lui.

Sono una volpe. Merda. Sprofondo il viso nella sua spalla. E così grande e forte... e quando io... quando la mia volpe è venuta fuori, lui ha saputo perfettamente cosa fare. Sono troppo stanca per mettermi a pensare a cosa significhi, ma forse, solo per stanotte, non occorre che ci rifletta su troppo.

"Ho sempre saputo di essere diversa" mormoro.

"Cosa vuol dire, tesoro?"

"Mia mamma. È stramba. Ed è stata lei a crescermi."

"Se n'è mai andata per periodi di tempo, o si è mai comportata in modo strano con la luna piena?"

"È mia mamma. È sempre stata strana." Ricordo i bambini che ci additavano. Che ridevano. Il mio nome, la mia costituzione minuta, la mamma hippie, l'odore di olio di patchouli e i vestiti della Goodwill. Strambe.

Mi rendo conto di aver detto tutto ad alta voce, quando Tank mi stringe a sé.

"Andrà tutto bene."

Stringo le braccia attorno a lui e affondo il viso nel suo petto. Mi posa una mano sulla nuca e mormora "Troveremo una soluzione. Insieme."

 *oxfire*

SOGNO DI RASPARE con le zampe sul terreno roccioso. Un tramonto brilla in lontananza, rosso e arancio. Attraverso il cellulare rotto mi arriva la voce di mia madre che mi dice che dovrei farmi i capelli di quei colori. Poi Tank incombe su di me, scuotendo la testa…

Mi sveglio di soprassalto, l'odore di bacon così intenso che posso quasi sentirne il sapore.

Mi brontola lo stomaco mentre vado verso la cucina trascinando i piedi. Tank è ai fornelli, la grossa schiena piegata in avanti e la testa rasata china su una padella.

"Oddio" dico. "Stai preparando la colazione?" Un sacchetto di carta piegato assorbe il grasso sotto a un mucchietto di bacon. "Ce n'è anche per me?"

Mi rivolge un sorriso smagliante e indica la tavola con un cenno della testa. Il tavolino pieghevole è ricoperto di portate di carne. Salsicce, hamburger, altro bacon.

"Oh mio Dio, Tank. Hai ucciso tutti i maiali e le vacche del mondo?"

"Solo per te, tesoro. Mangia."

Tesoro. Mi piace.

Cattiva, Foxfire!

"Sono una pessima vegana" mormoro sedendomi.

"Ah sì?" Tank inarca un sopracciglio.

"Beh? Pensavo fosse salutare..."

"Non puoi essere vegana."

"Perché no?"

"Perché sei carnivora." Tank mi mette un piatto di bacon davanti.

"Potrei mangiare tofu e roba così" ribatto, come se non stessi per mangiarmi mezzo chilo di maiale.

"Non puoi privarti della carne. La tua volpe non te lo permetterebbe."

Ah.

Giusto.

Mi si contorce lo stomaco.

"Mangia, tesoro." Tank mette su dell'altro bacon e poi si avvicina al tavolo. "Hai fatto una bella corsa ieri notte. La tua volpe ha bisogno di rifocillarsi." Mi posa una mano alla base del collo, calmando la tempesta che ho nello stomaco. Annuisco e prendo una striscia di bacon. In un batter d'occhio ho fatto fuori mezzo piatto e spazzolato un terzo delle salsicce. Quello che basta per tenere a bada la fame. Ho sempre avuto un metabolismo pazzesco. Mi sa che adesso so il perché.

Tank si muove per la cucina come se fosse sua. È immenso, ma in qualche modo ci sta.

"Ho fatto un sogno su mia mamma stanotte" dico. Tank non alza lo sguardo dal fornello, ma so che mi sta ascoltando. "Pensi che lo sapesse?"

"Ti ha chiamata Foxfire. Fox significa volpe."

"Potrebbe non voler dire niente. Un trip da hippie. Ha fumato canne per tutta la gravidanza."

"Questo spiega in sacco di cose" mormora Tank.

"Ehi!" Metto il broncio.

Arriva con un'altra portata appena cotta e ne versa metà sul mio piatto, poi mi dà un piccolo calcio al piede, in segno di tacito ordine. Mastichiamo in silenzio per un po'.

"Ricordi di esserti mai tramutata prima di ieri sera?"

Metto giù la forchetta e penso. "Una volta ho mangiato dei funghi e ho pensato di avere una pelliccia. Non è che mi hai dato dei funghi ieri sera…?"

Scuote la testa mentre torna alla padella.

"Immaginavo." Era troppo da sperare.

~.~

Tank

STA ANCORA RIMUGINANDO, fissando la finestra tutta accigliata. L'ho sognata ieri notte. Correvo e la prendevo e la spingevo sotto di me. Mi agito sulla sedia, felice che il tavolo non sia di vetro. Devo mantenere il controllo.

Mi schiarisco la gola. "Ci sono dei vantaggi a essere un mutante."

"Ah sì?"

"Sì. Prima di tutto, poter mangiare così tanto. Devi sempre portarti dietro cibo in più, quando intendi tramutarti."

"E per andare dove? A farmi una corsetta?" Indica in direzione del fiume in secca con un cenno della testa.

"Se serve, sì. Ma stai attenta. Alla gente di queste parti

piace sparare ai coyote, anche se è illegale. Al buio, la tua volpe potrebbe essere scambiata per un piccolo coyote."

"Va bene." Aggrotta la fronte.

"Devi lasciare libera la tua volpe di tanto in tanto. Almeno una volta al mese. Altrimenti... beh, potrebbe essere diverso che per i lupi. Ma ti aiuta a mantenere l'equilibrio." Nella voce riecheggiano le parole di mio padre, quando mi spiegava il nostro stile di vita, seduti al tavolo della cucina. "È importante prendersi cura del proprio animale. Devi darle carne da mangiare, farla correre."

"Come avere un cane."

"Lo sei. Un cane selvatico."

"Quindi tu... corri regolarmente? Dove?"

"Sui monti Catalina. Ma anche sulla Montagna A, in caso di necessità." Il monte A è il piccolo cocuzzolo vicino al centro con una grossa A dipinta sopra, a indicare l'università dell'Arizona. È dove Garrett si è tramutato ed è corso via durante l'appuntamento con Amber l'altro ieri.

Trattengo l'istinto di invitarla a correre con me e il branco sotto alla luna. "Dovresti riuscire a cavartela con qualche scorrazzata di mezzanotte lungo il letto del fiume. Ma la scelta migliore è una riserva naturale, un posto dove non ci siano cacciatori. Anche lì comunque devi stare attenta." Mi interrompo prima di spaventarla. Ma sono preoccupato. Bracconieri, altri animali, mutanti, chiunque veda una bella volpe e decida di volerla. Soprattutto un altro lupo. Il mio lupo è rabbioso all'idea di un altro maschio mutante che le ronza attorno.

Mi alzo in piedi e sparecchio la tavola. Foxfire rimane con lo sguardo fisso. Forse è in coma da carne. Non è mai rimasta seduta immobile per così tanto tempo.

Il mio lupo insiste perché la consoliamo. Ma è meglio che non impari ad affidarsi troppo a me. Ha bisogno di qualcuno della sua specie. Un covo di volpi, magari. Forse un compagno.

Le mie dita si piegano stringendo il bancone della cucina. Lascio la presa prima di imprimerci un segno.

Un compagno no, ringhia il mio lupo. *Nessun altro che me.*

Controllo il telefono. Nessun messaggio. C'è qualcosa che non va. Ma Garrett mi ha detto di tenere d'occhio Foxfire, quindi è quello che farò. Anche se ora ho anche i miei motivi per farlo.

Mio padre non approverebbe. Ma chi altri si può prendere cura di lei?

Mi avvicino al tavolo e Foxfire sobbalza. I grandi occhi scattano sui miei. Larghi, sognanti. Viso dolce, capelli da *Looney Tunes*. È così piccina, e arrendevole nel profondo. Non c'è da stupirsi che la sua volpe sia rimasta addormentata tanto a lungo.

"Andiamo" dico con un colpo sul tavolo davanti a lei. Fa un salto, ma non si muove. "È ora di alzarsi. Di affrontare la giornata."

"Andiamo da qualche parte?" Inarca le sopracciglia.

"Devi comportarti in modo normale. Fare quello che faresti una normale domenica."

"Normalmente non mi trovo agli arresti domiciliari."

Che spaccona; tutta scena. È davvero troppo intelligente. Ed è rimasta sola troppo a lungo, senza nessuno che si prendesse cura di lei.

Il mio lupo vuole darle tutto ciò di cui ha bisogno.

"Mi sa che vado a farmi una doccia." Si alza dalla sedia. "Forse dopo mi sentirò normale. Umana."

Mi passa oltre con una spinta e ignoro la sua mancanza di rispetto. Fa così perché ha paura. E io non sono il suo capobranco.

Sono cresciuto sapendo di essere un mutante. Aspettandomelo. Incontrare il mio lupo è stato bellissimo, un rito di passaggio. Mi sono sentito potente.

Foxfire esce dal bagno, pulita e splendente. I capelli le ricadono in riccioli attorno al viso da folletto. Si presenta con shorts tagliati e una maglietta aderente che mette in risalto il decolté.

"Oh no." Mi alzo in piedi. "Devi cambiarti."

"Perché?" ribatte, fingendosi ignara degli effetti del suo corpo su di me. "Restiamo qui tutto il giorno, giusto?"

"Però… mettiti dei vestiti." Non ho bisogno di ulteriori tentazioni.

Si porta le mani sui fianchi. "Che problemi hai con questi?"

Stringo i denti. Il problema è che ho il cazzo tanto duro da bucare una porta. La manderei a chiudersi in camera sua, ma non mi fido di me.

"Cambiati e basta."

"Sicuro." Scrolla le spalle e si leva la maglietta, lasciandola cadere sul pavimento tra di noi.

"Foxfire" ringhio.

"Vuoi che mi cambi, paparino? Mi sto cambiando." Mi lancia un sorriso letale. Dolce come il miele.

"Non istigarmi, tesoro" ringhio. "Ti ho avvisata di cosa potrebbe succedere."

"Mmm." Si arriccia una ciocca color arcobaleno attorno al dito. "Mi hai fatto un sacco di minacce. Non ti ho ancora visto metterne in atto nessuna."

Che il cielo ci aiuti entrambi. Non ha idea di cosa avrei voglia di fare a quel corpicino sexy che si ritrova. E inizierei dal farle vedere chi comanda. In svariati modi.

"Ok, bellezza. Come vuoi." Mi piego e raccolgo la maglietta. Gliela lancio. "In camera. Subito."

Lei sorride e si incammina.

Il piano è farla vestire e intavolare una discussione sugli animali dominanti e la sottomissione che le è richiesta.

Invece le afferro un polso e la faccio ruotare verso la parete. Premo la sua piccola mano sotto alla mia contro l'intonaco, prendo l'altra e faccio lo stesso. È ancora senza maglietta e ora ho la migliore veduta dall'alto del suo decolté. Del suo decolté *ansimante*. Perché è decisamente eccitata dalla dimostrazione di comando.

Tengo fermi entrambi i polsi con una mano contro la parete e le stringo rudemente un seno con l'altra. La bocca trova il suo collo. "Devi capire una cosa, volpacchiotta. In un branco, ci sono delle regole."

"Mi sembrava avessi detto che non appartengo a un branco." La voce ha un tono implicitamente ferito che fa gemere il mio lupo.

"Tra i mutanti, allora. Comunque devi sapere quali sono i limiti del tuo comportamento."

"Se mi comporto male, vengo palpeggiata da un lupo eccitato?" suggerisce con una nota di speranza.

Trattengo una risata. "Dico sul serio. Seguire le regole può salvarti la vita." Non capisce quanto sia pericoloso questo mondo, ed è questo il motivo per cui il mio lupo sta impazzendo.

"Ok."

Lascio il seno e le poso il palmo sul sedere. "Le azioni hanno delle conseguenze. I mutanti che valicano i limiti vengono puniti."

"Mi metterai in castigo?" La sua voce è roca, sesso puro.

"Mmm, no" le ringhio nell'orecchio. Con la mano libera le slaccio il bottone dei cortissimi shorts e li lascio cadere a terra. "Ho un approccio più concreto."

Fa oscillare il culo in chiaro segno d'invito.

Cielo, vorrei spingermi molto oltre rispetto al programma. Mi danzano nella mente immagini di lei completamente nuda, mentre la sbatto con forza da dietro.

Invece calo il palmo con decisione sul culo coperto solo dalle mutandine.

"Ooh!" Fa un salto.

Troppo forte?

Allungo il collo per vederle il viso. Si sta mordendo un labbro, le guance arrossate, gli occhi lucidi.

Le piace.

Le schiaffeggio ancora culo. E ancora.

E poi il maledetto campanello suona.

~.~

Foxfire

Tank si irrigidisce. Mi lascia libera in un lampo e mi infila la maglietta dalla testa. Facendomi segno di stare ferma dove sono, si dirige verso la porta.

Quindi, ovviamente, mi tiro su gli shorts di jeans e lo seguo. Si ferma nell'atrio.

"È un uomo" dice sottovoce. "Ne sento l'odore."

Arriccio il naso. Io non riesco ancora a sentire niente di così specifico. "Probabilmente è Benny. Doveva passare a prendere la sua roba."

Mi prende per un braccio. "Starai calma?"

Alzo gli occhi al cielo. "Non ti preoccupare. Adesso non

ho intenzione di scappare. Tu sei l'unico a non darmi della matta."

"Non arriverei a tanto."

"Ah-ah. Torno subito. Non farti vedere." Spingo Tank in cucina e lui ci va, il volto duro e impassibile.

Dovrei fare la civettuola con il mio fidanzato davanti a lui? Ha dato di matto per gli shorts.

Il campanello suona di nuovo.

"Arrivo" canticchio, e apro la porta.

Non è Benny, ma un tipo in trench. È ancora domenica mattina presto, e il quartiere è piuttosto tranquillo. In genere non vengono a bussare così frequentemente.

"Posso aiutarla?"

"Foxfire Hines?"

"Sono io" cinguetto. "Posso aiutarla?"

"Sì." L'uomo si infila una mano in tasca, e un secondo dopo mi trovo una pistola puntata contro.

~.~

Tank

SENTO l'odore della pistola prima che la paura di Foxfire mi arrivi alle narici, acre e potente. Il mio lupo digrigna i denti.

Attraverso la stanza con le 'luci per le piante'. Può darsi che riesca a muovermi abbastanza velocemente, prima che lui si renda conto di ciò che sta arrivando.

Serro le labbra. Il mio lupo è pronto a cacciare.

"Che cazzo di storia è questa?" Il mio folletto dai capelli

arcobaleno si mette le mani sui fianchi. Gemo. *No, Foxfire. Comportati bene.*

"Entra in casa e stai zitta, dolcezza. Adesso ne parliamo."

"Chi sei?" chiede lei. "Chi ti ha mandato?"

Cos'ha per poter fare tanto la spaccona in faccia al pericolo? Non è proprio il momento, cazzo. Pensa che la pistola sia finta?

Vorrei rimettermi a schiaffeggiarle il culo.

L'uomo la spinge ed entra, facendola cadere con un gridolino.

Vedo rosso. Cinque secondi dopo, il malvivente è a terra ai miei piedi. Calcio via la pistola.

"Foxfire. Chiudi la porta."

Lei obbedisce prontamente.

L'uomo è privo di conoscenza. Considerata la forza con cui l'ho colpito, rimarrà così per un po'. È fortunato che non l'abbia ammazzato. Sono ancora in tempo.

Uso una coperta per prendere la pistola, quindi la apro e la svuoto dei proiettili.

Nessun marchio. Una pistola da strada. Ora mia. Il mio lupo ringhia. Mi concentro sull'arma per trattenere il mio lupo dal fare a pezzi l'uomo.

"Scotch da pacchi nella mia borsa" dico a Foxfire. Lei annuisce e corre a prenderlo. Lego l'uomo e gli copro la bocca.

Foxfire è pallida e trema. Faccio un respiro profondo e tengo a bada la rabbia. Fare a brandelli quest'uomo non risolverebbe nulla, e la terrorizzerebbe soltanto.

"Vieni qui." Apro le braccia e lei ci si tuffa in mezzo. Il suo corpo è piccolissimo. La sollevo e la porto fino al divano, dove posso confortarla e allo stesso tempo tenere d'occhio il malvivente.

"Cosa vuole?" chiede Foxfire rabbrividendo.

"Non lo so, tesoro." Strofino il naso sul suo collo. È viva. È salva. È tra le mie braccia. Foxfire e i suoi pazzi capelli. Ne afferro una manciata e le tiro indietro la testa, delicatamente. Poi le prendo la bocca. Sa di fragole e melone, zucchero e spezie, sa di Foxfire.

Le mie labbra accarezzano le sue, nonostante l'uomo privo di conoscenza sul pavimento. È mia. Ha i capezzoli che premono contro alla sottile stoffa della maglietta. Sto per stenderla e farla mia. Quando mi tiro indietro, ha le stelle negli occhi. Ce le ho messe io. Il mio lupo è soddisfatto.

"Andrà tutto bene" le dico.

Lei mi fissa con occhi sgranati. "Cosa ci facciamo con lui?"

Normalmente farei qualche telefonata. Ma questo lavoro si è trasformato in qualcosa di inaspettato. "Ci penserò. Mi assicurerò che non sia un pericolo e cercherò delle risposte. Puoi andare in camera tua a lavorare per un po'?"

"Sì. Ehm, Tank? Posso usare il tuo telefono per controllare i messaggi?"

"Sicuro, tesoro."

Quando se ne va, mi inginocchio accanto al malvivente. Ha l'aspetto di un ex combattente: mani ruvide, muscolatura rude, un po' di pancia. Uno scagnozzo mercenario del posto. Non molto intelligente. Avrebbe dovuto presentarsi con dei rinforzi. Ma pensava di trovarsi davanti solo una donnina disarmata. Non si aspettava me.

Entro in cucina per un momento, mentre il mio lupo mi infuria dentro.

Foxfire. Cazzo. Avrebbe potuto finire ammazzata. Oppure...

"Tank!"

Ruoto su me stesso mentre corre verso di me. C'è qualcosa che non va. Ha il viso ancora più pallido di prima. Gli occhi grandi e spaventati.

"Penso di sapere chi è. Dobbiamo andarcene subito." Si gira e si dirige verso la porta. La prendo al volo e la tengo stretta mentre si dimena.

"Dimmi, piccola. Cosa c'è che non va?"

Mi mostra il mio telefono. "Mi ha chiamato mia madre. È nei guai."

~.~

FOXFIRE

"ASCOLTA." Gli metto il telefono davanti.

"Foxfire?" dice la voce di mia madre, registrata in un messaggio vocale. "Volevo solo accertarmi che stessi bene. Sono un po' nei pasticci e ho dovuto buttare il telefono. Potrebbe venire qualcuno a chiedere di me. Digli che gli farò avere il pagamento appena posso. Stammi bene, zuccherino."

Tank riproduce di nuovo il messaggio mentre mi mordo il labbro. "Pare che debba dei soldi alla gente sbagliata."

"Maddai, Sherlock, sul serio?" sibilo. Il suo volto diventa di pietra e ricordo che i lupi non vogliono essere sfidati. Bene, omaccione. Qui stiamo parlando di *mia mamma*. "Mi ha lasciato il messaggio ieri notte, ma non l'ho ricevuto perché tu mi hai ammazzato il telefono. Accidenti! È colpa tua!"

Si massaggia la mascella. "Mi spiace. Davvero. E capisco

che sei arrabbiata, ma ritira quello che hai detto, tesoro, o il mio lupo vorrà darti un promemoria di chi comanda qui."

Il ricordo più recente della realizzazione dell'eventuale promemoria mi torna alla mente come una luccicante tentazione. Ma non è il momento. "Come ti pare." Incrocio le braccia sul petto.

Sì, mi ha appena dato il bacio migliore della mia vita e ha messo al tappeto un uomo armato per salvarmi.

Come gli pare. Sono comunque incazzata.

"Devo andare" gli dico.

"Dove?"

"Ad aiutarla! Devo sistemare la faccenda."

Tank sposta lo sguardo dal malvivente steso a terra a me. "E come pensi di fare, esattamente?"

"Mi verrà in mente qualcosa."

Mi afferra un braccio. "Tu non vai da nessuna parte, tesoro."

"Oh, dai. Non dirò a nessuno del tuo piccolo segreto. Sono dei tuoi, ricordi?"

"Shhh." Mi trascina in cucina. "Devi tacere la cosa."

"Beh, taccio. Sono parte della tua piccola gang adesso, giusto? I pelosi?"

"Non puoi scappare e basta. Non è sicuro."

"Perché no? Hai già fatto fuori il tipo che mi hanno mandato. Non è più una minaccia."

"Non parlo di lui. Parlo di altri mutanti."

"Cosa?"

Tank impreca, infila la testa nell'altra stanza e controlla Mister Addormentato, poi torna da me e mi stringe all'angolo. "Non sei del branco. Non hai protezione. Se dovessi imbatterti in un branco di mutanti, potrebbero inseguirti."

Sbatto le palpebre. "Cosa? Perché? E come fanno a saperlo?"

"L'odore. Sta diventando più forte. Ogni volta che ti trasformi aumenta, fino a che gli altri mutanti sapranno esattamente chi sei. E non avrai alcuna protezione. Non hai nessuno dalla tua. Sei sola."

Gesù. Come se avessi bisogno che la storia della mia vita venisse ripetuta ancora una volta a voce alta. Lo spingo via. "Beh, come ti pare. Ci sono abituata."

Lui serra le labbra e mi scruta. Incrocio il suo sguardo, alzo il mento. Sono sempre stata un'esclusa, una stramba. Mi conosce da un giorno e pensa che crolli perché devo affrontare da sola i problemi?

Che vada a farsi fottere. Sono sempre stata sola.

"Vado." Mi incammino verso la porta.

"No" ringhia, afferrandomi per il polso.

"Tu non hai voce in capitolo."

"Ti sei tramutata per la prima volta davanti a me. Questo mi rendere responsabile nei tuoi confronti." Sembra averlo appena deciso. La frase mi sciocca al punto da lasciarmi senza parole. "È meglio che non esci da sola. Fidati."

"Beh, qui non ci resto. Mia madre è nei guai. Il brutto ceffo nell'altra stanza ne è la prova vivente."

"Altro motivo per cui non dovresti stare da sola. È venuto convinto di trovarsi di fronte una donna alta un metro e sessanta per quarantacinque chili di peso, facile da controllare. E ci sarebbe riuscito, se fossi stata sola."

"Per fortuna non lo ero. E peso cinquantadue chili, grazie tante."

Scuote la testa. "Non vai da nessuna parte da sola. Non è sicuro."

"Bene." Gli sorrido senza la minima ilarità. "Allora vieni con me."

"Vengo…" Si ferma. "Cazzo." Guarda il telefono come un oracolo in possesso della risposta.

"Io vado. Puoi venire con me, oppure restare qui con il mio ospite indesiderato." Guardiamo entrambi l'uomo ancora svenuto sul pavimento. I lupi mannari pestano duro.

"Oppure potrei legarti al letto."

Non lo degno di risposta. È tutto sesso e divertimento, fino a che non ricevi la visita di un mascalzone e una chiamata ansiogena dalla mamma.

Tank me lo legge in faccia e sospira. "Va bene. Incarico accettato."

Sbatto le palpebre. Non mi sarei mai aspettata che mi coprisse le spalle. Mi sento pervasa dal sollievo. "Ok, sì. Mi ci sto abituando."

"Vai a fare i bagagli." Tank indica con un cenno della testa la camera da letto. "Io mi occupo del tizio."

"Cosa intendi fargli?"

"Lo sveglio e cerco di interrogarlo. Non ti voglio qua dentro mentre lo faccio."

"Devo mettere una tela cerata? In caso ci sia sangue…"

"No. Io…"

Un rumore alla porta ci fa impietrire entrambi. Qualcuno sta tentando di entrare. Si sentono tintinnare delle chiavi e sento una voce dire una parolaccia.

Merda. È Benny. Meno male che ho cambiato serratura.

Tank si incammina verso la porta, le spalle allargate in una posa pericolosa. Vuole mettere fuori combattimento anche lui.

"Aspetta." Lo prendo per un braccio. "Non puoi… è il mio ex."

"Cosa?"

Il campanello suona. "Foxfire?" piagnucola Benny. "So che sei là dentro." Suona il campanello ancora un po' di volte e bussa. Idiota.

"Ha lasciato qui della roba. Gli sono stata addosso perché se la venisse a prendere" spiego velocemente.

"Cazzo."

Il mafioso è ancora sul tappeto. Cazzo è la parola giusta.

"Posso farlo aspettare..." inizio a dire, ma in quella il malvivente inizia a muoversi. Almeno finché il pugno di Tank non scatta per colpirlo alla mandibola.

"Probabilmente non gli farà molto bene."

"Ti ha puntato contro una pistola" dice Tank.

Il luccichio che ha negli occhi mi dice che nel suo mondo non si puntano le pistole contro le donne. Le schiacci contro a un muro e le sculacci se fanno le cattive. Piuttosto interessante, il mondo di Tank.

"Foxfire!" grida Benny.

"Arrivo!" rispondo, portandomi davanti alla finestra in caso Benny decida di guardare dalle tende. "Dammi un minuto." Mi giro a guardare Tank. "Cosa facc..."

Tank ha già arrotolato il tipo nel tappeto e lo sta portando verso il retro.

"No, non lì" sussurro. "È dove ho messo la roba di Benny. Fuori."

Tank va verso la cucina.

Il campanello continua a suonare.

"Va' ad aprire quella porta" mi ordina Tank. "Tienilo occupato, lontano dalle finestre."

Corro alla porta, la apro di scatto e scivolo fuori chiudendomela alle spalle.

"Ma che diavolo c'è?" Il mio ex mi guarda con gli occhi socchiusi. Non sono ancora le dieci. Presto per lui. Alla luce del giorno sembra quasi anemico.

"Cosa vuoi, Benny?" Mento sottile, corpo magrissimo, fumato. Chissà poi cosa ci trovavo.

"Sono venuto a prendere la mia roba. Di chi è il pick-up?"

Aggrotta la fronte, indicando il macchinone grigio nel vialetto. "È parcheggiato al mio posto."

"Non hai un posto tuo, Benny. La casa è mia e noi ci siamo mollati."

"C'è un uomo in casa?" Guarda la porta con espressione accigliata.

"Non sono affari tuoi. So che sei venuto per la tua roba, ma io sto facendo una cosa. Torna più tardi." Con la coda dell'occhio vedo Tank emergere dal lato della casa con il tappeto in spalla. Sta seguendo il vialetto in direzione del pick-up.

"Anzi, adesso è un buon momento." Tiro Benny in casa prima che abbia il tempo di fare domande. "Ecco la roba."

"Cos'è successo al tappeto?" Guarda il punto del pavimento ora nudo in mezzo al salotto.

"Termiti" dico. "Termiti dei tappeti." Prendo la lampada di lava nell'angolo e gliela porgo. "Ecco. Questa è tua."

Benny si acciglia, il che significa che non sta guardando fuori dalla finestra, dove Tank sta caricando il mafioso avvolto nel tappeto sul retro del grosso pick-up grigio. Speriamo che non lo notino neanche i vicini.

"Non voglio questa merda" dice Benny. "Voglio le mie lampade."

"Cosa?"

"Le lampade per le piante."

"Per i miei pomodori?"

"No, idiota, per l'erba."

Inspiro. Sapevo che fumava, ma non pensavo che la coltivasse pure. "La coltivavi qua dentro?"

Benny alza gli occhi al cielo. "Dove sono?"

Indico la stanza sul retro. "Ma… e i pomodori?"

Benny si gira verso di me e inizia a parlare con quel suo tono tagliente e denigratorio che usava sempre quando pensava che fossi troppo sbadata. "Senti, cretinetta…"

Dopo una frazione di secondo, Tank è davanti a me. Tiene Benny per il colletto della maglietta, i piedi sollevati da terra.

"L'hai appena chiamata cretinetta?"

Benny sputacchia. "Ehi…"

"Conosci questa testa di cazzo?" ringhia Tank.

"Sì, Tank. È tutto ok. È il mio ex."

Un ringhio più forte stavolta, più profondo. Il suo lupo.

Ciao, lupacchiotto.

"Chiedi scusa a Firefox." Quando gli occhi di Benny strabuzzano, ma lui non dice nulla, Tank mostra i denti. "Chiedi scusa."

"Cacchio, scusa, ok?"

Tank lascia cadere Benny, che sputacchia ancora e fa qualche passo indietro, ansimando. "Ma che cazzo è?"

"Ha qualche diritto su questo posto?" chiede Tank, gli occhi fissi sul mio ex.

"Cosa? No, la casa è mia. Lui però doveva sistemarla. Probabilmente è l'unico motivo per cui ci uscivo." Quello, e il fatto che mi ronzava attorno. Agli inizi mi faceva ridere. Poi è diventato un'abitudine, di quelle di cui avrei fatto bene a sbarazzarmi tanto tempo fa.

"Mi ha aggredito!" grida Benny, puntando un dito.

"Sì, lo so." Ridacchio. "Ero qui. Ora vattene, Benny. Chiedi alla tua ragazza nuova di comprarti delle lampade nuove."

"Manderò la polizia."

"Cosa?" dico sussultando. "Sei tu che coltivavi la maria, non io."

"Loro non lo sanno. Come hai detto, la casa è tua."

"Prenditi le lampade" mormora Tank, sempre senza staccare gli occhi di dosso da Benny.

Trotterello verso la stanza sul retro, notando che il tappeto è tornato al suo posto, stropicciato sul pavimento, senza il mafioso dentro. Prendo le due lampade e torno in cucina, dove trovo i due uomini della mia vita nel mezzo di una gara di sguardi. Se i punti si assegnano sulla base del fascino imperioso e rude, vince Tank.

"Ecco qua." Tank me le prende dalle mani e le lancia a Benny.

"Se chiami la polizia, ti vengo a cercare" gli dice.

"Sì, come ti pare, amico."

Tank gli sbatte la porta in faccia.

"Uscivi con quell'affare?"

"Già."

"L'hai mollato?"

"Uh, sì. Faceva schifo a letto. E poi ho scoperto che mi tradiva."

"Ti *tradiva*?" ripete, come se avessi appena detto che il cielo è rosa.

Annuisco.

"Se ti dà ancora fastidio, chiamami."

"Ok. Cosa facciamo con il nostro amico?"

"È nel pick-up."

"E la sua macchina?"

"Me ne occupo io. Prendi le tue cose." Tank tira fuori il telefono. "Ehi, Nox? Sì, mi serve un rimorchio... aspetta." Scosta il telefono dall'orecchio e mi dà una sberla sul sedere.

Un nuovo brivido mi percorre, concentrandosi in mezzo alle gambe.

"Cosa ti ho appena detto di fare?"

Ruoto gli occhi. "Prepotente! Vado, vado." Giro sui tacchi e corro in camera da letto a prendere la mia borsa, sentendo lo sguardo di Tank fisso sul mio ancheggiare per tutto il tragitto.

69

Non so bene perché, ma mi si bagnano tutte le parti intime quando mi dà ordini.

Venti minuti dopo, Tank mi aiuta a salire sul pick-up e spinge la mia borsa dietro al sedile.

"Sicuro che il tipo stia bene là dietro?"

Tank annuisce e mette in moto. Il motore prende vita, enorme e potente come il suo proprietario. Le grosse mani di Tank fanno ruotare il volante. Mi sento emozionata solo a guardarlo uscire dal vialetto.

Rimbalzo un po' sul sedile. "In viaggio!"

Tank è in silenzio. Andiamo dritti verso l'autostrada.

"Non possiamo fermarci a prendere qualcosa da mangiare?"

"No."

"Ok." Almeno ho una bottiglietta d'acqua. Anche se sarà meglio tenerla da parte per quando mancheranno una trentina di minuti alla prima tappa pipì in programma. Ho la vescica non più grande di un fagiolo.

Racconto tutti questi dettagli a Tank. Le sue labbra si piegano, ma non distoglie mai gli occhi dalla strada, né cambia espressione.

"Un po' di musica?" Gli mostro il mio iPod. "Ho una playlist fantastica. C'è modo di connetterlo a…"

"No."

"Ok. Ho delle cuffie qui da qualche parte…"

"No. Niente musica."

"Va bene, paparone."

"Non…"

Si stringe il setto nasale con pollice e indice e chiude gli occhi un secondo.

Gli sorrido, irradiando vibrazioni *graziose*. In genere mi tirano sempre fuori da ogni tipo di guaio.

Tank sospira.

Ci divertiremo un sacco.

~.~

Tank

SOLO MEZZ'ORA DI viaggio e già vorrei strozzarla. Beh, non proprio. Vorrei solo chiuderle quella bocca così sagace con la lingua. No, con l'uccello. A dire la verità, il cazzo non farebbe mica tante storie se dovesse impossessarsi di altre parti del suo corpo. Di altri orifizi disponibili. Sarebbe l'unica cosa capace di risollevarmi il morale. E sgonfiarmi le palle.

Ma per quanto trovi Foxfire eccitante e sexy, per quanto il mio lupo la adori, non posso procedere. Prima di tutto, è un po' fuori di zucca. In maniera adorabile, ma pur sempre fuori di zucca. È il tipo di donna contro cui mio padre mi ha messo in guardia. Mi ha fatto una testa così sul fatto che prima vengono i fratelli e poi la fica, e so riconoscere il modo in cui una femmina può metterti sotto.

Mai mettere una femmina prima del branco, figliolo. Rovinerà tutto.

Temo abbia ragione. Sto già prendendo delle decisioni sbagliate a causa sua. Dovrei essere a guardia del forte, controllare l'Eclipse e stare allerta per l'arrivo di nuovi ordini. Invece ho avvolto un brutto ceffo in un tappeto e me lo sono caricato nel bagagliaio, e ora sto facendo le quattro ore di macchina fino a Flagstaff.

Tutto per una ragazza.

Di certo è la donna più sexy e affascinante del mondo,

con la più bella bocca da pompini che abbia mai visto, ma non posso stare con lei.

Canticchiando, Foxfire stende le gambe sul cruscotto. Sono lunghe un chilometro ed è tutta carne nuda e deliziosa, perché ha ancora addosso quei maledetti shorts cortissimi. Sono sicuro che se le terrà lì manderò a sbattere il pick-up nel tentativo di piegarmi a leccarle.

"Giù le gambe" le ordino. Ho la voce più brusca di quanto vorrei.

Nessun effetto. "D'accordo, paparone." Le tira giù e le piega sotto al sedere, sorridendo come se si divertisse a farmi arrabbiare.

"Non metterti troppo comoda" la avviso, ma è con me che sto parlando. "Andremo a Flagstaff, interrogheremo questo tipo e daremo una controllata a tua mamma." E torneremo prima che il branco si chieda dove sia finito.

Ho lasciato a Garrett un messaggio, ho provato a contattare Jared e Trey, ma non ho ancora avuto loro notizie. Un po' preoccupante. Ma sono lupi grandi e grossi che sanno prendersi cura di loro stessi.

E intanto sono incastrato in un viaggio con Little Miss Sunshine. Come ho fatto a lasciarmi convincere a fare una cosa del genere?

Ah, già. Perché il mio lupo non ne vuole sapere di lasciarla da sola. Non sopporto che un maschio umano la tocchi, figurarsi minacciarla. E nelle ultime due ore l'hanno già fatto in due. E se capitasse con un lupo mutante, magari addirittura del mio branco? Meglio non pensarci proprio.

"È così eccitante. La mia prima gita con un lupo mannaro." Danza sul sedile. Si è tolta la felpa e ha i capezzoli che premono contro alla stoffa sottile della maglietta.

Il mio uccello vorrebbe danzare con lei.

"Stai ferma" ringhio. Ma cosa mi è saltato in mente

quando ho accettato di fare un viaggio di quattro ore in macchina da solo con lei? È una bellissima volpe, e io sono un lupo a sangue caldo. "Dobbiamo stare attenti. Non è una buona idea eccitare il mio lupo."

"Cosa? Perché?"

"La luna piena."

"E cosa succede allora?" La voce le si abbassa. "Durante il tuo ciclo mensile?"

Sbuffo al termine. "Non è necessario che ci tramutiamo, ma vogliamo farlo. Le femmine di solito vanno in calore."

"Tipo che diventano super eccitate?"

"Sì."

"Ho capito. Hai paura di saltarmi addosso. E allora? Che problema c'è?"

~.~

Foxfire

Stringe il volante con tanta forza che se non sta attento ci lascerà il segno. "Non… succederà."

"Sì. Ho capito che non ti va. Qual è il problema?"

Lo sento mormorare sottovoce.

"Aspetta, hai una moglie nascosta da qualche parte? Dei piccoli Tank?" Tengo il tono leggero, a sfida del dolore che mi attanaglia il petto.

"No."

Sollievo. Cerco di non darlo a vedere. Mi appoggio allo schienale e sorrido.

"Senti, questo non è un appuntamento. Tu sei una mutante e tua madre è nei guai. Può darsi che ci cacciamo in una situazione pericolosa. È necessario che stiamo con orecchie e occhi aperti." Mi guarda come se non fosse sicuro che ne sia capace. È un'occhiata che sono abituata a ricevere.

Deve aver visto un lampo di tristezza sul mio volto, perché lo sguardo si addolcisce. "Penso che potremo chiederle informazioni riguardo alla tua identità da mutante, e portarti dai tuoi simili."

I miei simili. Non riesco neanche a capacitarmi della cosa, ancora.

I cartelli lungo l'autostrada sfrecciano via veloci. Ci stiamo avvicinando a Phoenix.

"E il tuo branco?" chiedo, dopo qualche minuto di silenzio.

"Cosa vuoi sapere?"

"Cioè, sono come la tua famiglia, giusto?"

"Più di una famiglia. Il branco è sangue. Il sangue è branco" recita.

"Giusto. Perché non gli chiedi aiuto? Sai, con…" Indico con un cenno della testa il cassone del pick-up, dove il mio aggressore è legato e imbavagliato.

"Non ho bisogno di loro per gestire questa faccenda."

"E Garrett? Non devi fare rapporto a lui o cose del genere?"

"Garrett ha da fare. Una del branco è scomparsa e la sta cercando. E no, non ho bisogno del suo permesso. Lui è l'alfa, ma si fida di me. Ho un grado sufficientemente elevato nel branco. Sono secondo solo a lui."

"C'è una gerarchia."

"Sì. Più il tuo animale è dominante, e più alto sarà il tuo ruolo nel branco."

"Quindi io dove sarei nel branco?"

"In fondo. Sei la mutante più piccola e debole."

Mi sgonfio un poco.

"Non è una brutta cosa. Tutti i branchi hanno bisogno di lupi che si sottomettano. Tengono il branco unito. I lupi dominanti lottano tutto il tempo, imparano qual è il loro posto. Ecco perché i ruoli sono severamente stabiliti. Altrimenti ci faremmo tutti a pezzi. I lupi sottomessi non sono una minaccia per i dominanti. E noi vogliamo proteggerli."

"Tu vuoi proteggermi?"

Serra la mandibola e non risponde.

Non serve che lo faccia. Lo so già. Sente di *dovermi* proteggere. Ma non *vuole*. Il mio giochetto per irritarlo ha funzionato. Dovrei essere felice, no? È uno stratagemma che uso da tutta la vita. Comportarmi in modo più strano di quanto pensano che sia realmente. Portarli al punto di definirmi stramba.

Per qualche motivo, al momento mi dà nausea. Che genere di donna preferisce Tank? Mi immagino una lupa alta e bionda. Mi viene voglia di ammazzarla. Non sono arrendevole come crede.

Resto in silenzio, più che altro per concedergli una pausa.

Mentre attraversiamo Phoenix, Tank segue le indicazioni per prendere la I-17 nord per Flagstaff. Si schiarisce la gola. "Tra poche ore saremo a Flagstaff. Dove abita tua madre?"

"Uhm…"

Indica il GPS. "Inserisci l'indirizzo."

"È questo il fatto." Arriccio il naso. "Si sposta un sacco."

"Dov'è casa sua?"

"Non ha una casa. Dopo che sono andata a vivere per conto mio, si è presa una roulotte Airstream. Sai" mi affretto a spiegare, vedendo l'espressione indifferente di Tank "quelle roulotte color argento che la gente usa per andare a fare campeggio nella natura…"

"So cos'è un Airstream. Mi stai dicendo che tua madre vive in uno di Mainstream quei cosi per tutto l'anno?"

"Mmhmm."

"Che lavoro fa?"

"È un'artista, per lo più."

Tank sospira profondamente.

"Ti inserisco l'ultimo parcheggio di cui so. Dovrebbe essere da qualche parte nei paraggi di Flagstaff. A volte si piazza vicino al Grand Canyon per vendere ai turisti."

"Su un parcheggio camping assegnato?"

"Uh, certo" dico, con un tono che lascia intendere *Mi sa di no*.

Un altro sospiro.

"Cosa intendi fare con quello lì?" Punto il pollice dietro di noi, indicando il cassone del pick-up e il malvivente svenuto.

"Lo interrogo."

"È da un po' che ha perso conoscenza. L'hai colpito troppo forte?"

"Sta benone."

Tank prende il telefono.

Risponde una brusca voce maschile.

"Sono Tank. Abbiamo ancora la casa rifugio a New River?

"Grazie, la uso per le prossime due ore. Ti spiego dopo." Riaggancia e per i chilometri che seguono ha un'espressione così mesta che non oso fargli domande. Spero che non sia nei guai con il branco.

Trenta minuti dopo Phoenix si sente un tonfo nel cassone. E poi i tonfi continuano.

"Oh oh" dico, mentre Tank impreca. "Mi sa che il mafioso si è svegliato."

"Troppo presto. Non l'ho sedato abbastanza."

"Sedato?"

"Aspetta." I colpi continuano mentre Tank imbocca un'uscita.

"È stata un'idea stupida" mormora.

Mi rannicchio sul sedile. "Dove lo stai portando?"

"In una casa rifugio. Un posto privato."

Siamo nel mezzo del nulla.

I colpi si sono fermati. Per ora. "Pensavi davvero che restasse svenuto per tutto questo tempo?"

"L'ho sedato."

"Sedato?"

"Tranquillante."

Inarco le sopracciglia fino all'attaccatura dei capelli. "Ti porti dietro roba del genere?"

"Sì." Lancia un'occhiata dietro al mio sedile, dov'è appoggiata la sua borsa nera, piena di nastro adesivo e pesanti sedativi. "I lupi mannari non hanno sempre il controllo delle loro azioni. A volte il loro lupo… diventa strano."

"Sul serio?"

"Sì. Quindi prendiamo delle precauzioni."

"Avevi… mai sedato nessuno prima?"

"Sì." Sembra essere a disagio.

"Non solo lupi" ipotizzo. "Anche umani?"

"Quel mondo non può sapere di noi."

Mi lecco le labbra. "Tank? Pensi di dire di me al tuo branco?"

"Sì. Il mio alfa è fuori città, ma alla fine gli spiegherò tutto. Dovrò farlo. Mi sentirà il tuo odore addosso e vorrà sapere cos'è successo."

"Cosa farà? Mi lascerà entrare nella banda?"

"Non c'è nessuna banda. Solo il branco."

"E?"

"Foxfire, non lo so. Non sei un lupo, tesoro. Per entrare in un branco, hai bisogno di uno sponsor. Qualcuno che ti appoggi. Altrimenti appari sospetta. Una mutante timida come te…"

"Non sono timida."

"La tua volpe lo è" spiega. "I mutanti hanno un rango nel branco. Un nuovo mutante non ne ha. Questo significa che diventa preda legittima per gli attacchi di potere." Mi lancia un'occhiata. "Ti spiegherò meglio dopo."

"Ok. Ma se dici di me al tuo alfa… non potresti farmi da sponsor?"

Tamburella con le dita sul volante. "Forse."

La sua riluttanza mi fa più male di quanto vorrei ammettere. Ho passato una vita intera a sventolare la bandiera della pazza scatenata, proprio perché so che nessuno mi vuole nel suo club. Sono diversa. Almeno adesso so *perché*. *Come*. Ma immagino sia troppo sperare di stare insieme ad altri mutanti solo perché ho la coda. E comunque non mi vogliono.

Svoltiamo in un vicolo nascosto. Le spalle di Tank si rilassano un poco. I colpi ricominciano. Mentre procediamo a sobbalzi lungo la stradina di ghiaia, sento delle grida soffocate. Il malvivente deve essere riuscito ad allentare il nastro adesivo che gli chiudeva la bocca.

Seguiamo una curva in mezzo agli alberi e in lontananza appare una baita di legno.

Sussulto. "Com'è carina."

"Nessuno dovrebbe sapere di questo posto, eccetto il branco."

"Finirai nei guai per avermi portato qui?"

Invece di rispondere, Tank afferra la borsa nera ed esce dall'auto. Io lo seguo, ma quando arriviamo entrambi al portellone del bagagliaio tende una mano. "Stai indietro, piccola."

Faccio un passo di lato.

Fa per aprire il portellone e poi si ferma. "Vai a metterti laggiù." Indica una roccia a qualche metro di distanza.

"Perché?"

"Lo sai il perché. Non è sicuro."

"Mi ha già visto."

Tank ruota su se stesso, mi solleva e mi trasporta di peso fino a farmi sbattere la schiena contro a un albero. Preme il suo corpo sodo e forte contro al mio. "Tesoro, intendi stare buona qui mentre mi occupo di lui o devo legarti all'albero?"

Sento le parti intime pulsare, stringersi. *Legami, omaccione.* Le mie labbra si schiudono, ma non ne esce nessun suono. Sto fissando la sua bocca, tanto flessibile considerato quanto è mascolino e rude. Voglio che mi baci.

Lo fa.

È un bacio duro, punitivo, e quando si ritrae ha negli occhi un luccichio giallo. Mi punta un dito contro e piega le labbra. "Resta qui."

Levo gli occhi al cielo ma obbedisco, contenta almeno di avere un posto in prima fila. Guardo da distanza di sicurezza Tank aprire il portellone del cassone, afferrare il tipo e tirarlo fuori.

Mi si attorciglia lo stomaco mentre lo vedo lottare con il prigioniero, ma è di una spanna più alto e peserà almeno venti chili di più. In men che non si dica, l'uomo è in ginocchio, sempre legato con il nastro adesivo.

"Ma che cazzo vuoi?" chiede il malvivente.

"Taci." Tank lo colpisce. "Lo vedi questo posto?" gli chiede, indicando attorno a sé. Il pick-up è tra l'uomo e la baita, quindi tutto ciò che vede è bosco sconfinato attorno a una strada vuota. "Siamo nel mezzo del nulla. Tu non hai diritti. Cosa cavolo vuoi dalla ragazza?"

"Foxfire Hines?"

Tank lo colpisce ancora. Io mi ritraggo un poco, anche se so che la rabbia che vedo sul suo volto non è rivolta a me.

"Non pronunciarne il nome. Per quanto mi riguarda per te non esiste, da questo momento."

"Va bene, va bene! Era solo lavoro, amico! Lavoro!" Il malvivente farnetica per qualche secondo, finché Tank non lo interrompe.

"Che lavoro?"

"Non lo so. Ho ricevuto ordini: prendi la ragazza, legala, mettila nel bagagliaio e portala al punto di consegna."

"Chi altri?"

"Nessun altro. Solo la ragazza. E non dovevo farle del male. Solo portarla al posto designato, viva. Non so nient'altro, lo giuro."

Più l'uomo parla e più Tank sembra avere voglia di ucciderlo. "Dov'è questo punto di consegna?" ringhia, con voce a malapena umana.

Il malvivente dice un indirizzo.

Mi affretto a scriverlo. Sentendo il rumore della penna, l'uomo allunga il collo dalla mia parte.

Tank lo colpisce un'altra volta e gli infila un cappuccio in testa, fissandolo con del nastro adesivo. L'uomo si ribella, ma finisce a terra, legato e inerme. Tank lo lascia lì e viene verso di me.

"Vai ad aspettare dentro alla baita. La chiave è sotto allo zerbino."

"Intendi torturarlo?" sussurro.

"No. Gli do un'altra dose di sedativo e lo scarico alle porte della città. Non sa nulla. Ho già mandato targa e dettagli personali a qualcuno che può tirargli fuori di più. È un mascalzone della zona e sta dicendo la verità."

"Come fai a saperlo?"

"Se mente, sento l'odore delle menzogne."

Rabbrividisco.

"Bellezza, vai dentro e aspetta."

Quando Tank mi raggiunge all'interno, è al telefono con uno di nome Jackson e gli sta leggendo l'indirizzo. "Puoi mandarmi un messaggio con quello che trovi."

Lo seguo fuori e mi fa segno di entrare nel pick-up. Il malvivente è già all'interno e la borsa nera è dietro al mio sedile. "Va bene. Grazie."

"Chi era?" chiedo quando riaggancia.

"Amici. Sono bravi a rintracciare informazioni in rete. Fanno una ricerca più accurata e mi dicono cosa sta succedendo."

"Lupi mannari?"

"Sì, ma non del branco."

"Mi stai aiutando un sacco" dico, mentre anche lui monta in auto.

Sbuffa e inizia a rovistare nella spaventosa borsa nera. Trattengo il fiato, ma poi mi lancia semplicemente una barretta energetica.

"Grazie. Hai dell'acqua?"

Tank mi offre una bottiglietta, ma la ritrae quando faccio per afferrarla.

"Non ci fermiamo più fino a Flagstaff" mi avvisa.

Sorrido. "Ho appena fatto pipì, ma grazie per l'avvertimento." Leva gli occhi al cielo mentre io sorrido, ma prendo solo un paio di sorsi dalla bottiglietta e poi la richiudo. Non ha senso fermarsi finché abbiamo un tipo sedato nel bagagliaio.

Ora non siamo più sulla principale e seguiamo vie secondarie. Gli alberi scorrono fuori dal finestrino. Quanti lupi staranno girovagando per questa foresta nazionale? Coyote? Volpi?

"Prima hai detto che la mia volpe è timida…" dico.

"Penso sia rimasta nascosta finché non ha pensato che fosse sicuro uscire."

"Come ha fatto a sapere che era sicuro?"

Non mi risponde.

"È perché ha sentito il tuo lupo? O ne aveva paura?"

Passano altri chilometri. Il profilo di Tank non cambia. A quanto pare, minacciare un malvivente e partire al salvataggio di mia madre non è l'esperienza unificante che avevo pensato. Anzi, sembra addirittura essersi chiuso di più in se stesso.

"Senti" sospiro. "So che mi odi, ma…"

"Non ti odio."

"Mi trovi irritante, allora."

Dice di *no* con la testa.

"E allora cos'è? Perché non mi parli?"

"È meglio così" mormora.

Gli metto una mano sulla gamba e lui mi afferra il polso. Sento lo stomaco perforato da frammenti di vetro. Cerco di nasconderlo, ma Tank si volta a guardarmi e la sua presa si allenta non appena scorge la mia delusione.

"Tesoro, non sei tu" dice. "Ma è meglio che non ci immischiamo l'uno con l'altra."

"Tank, stiamo andando a Flagstaff da mia madre con un malvivente nel cassone del pick-up. Hai passato la notte da me. Mi hai vista tramutarmi per la prima volta, hai affrontato il mio ex e mi hai mostrato una casa rifugio per lupi mannari." Mi appoggio allo schienale del sedile e sbuffo. "È troppo tardi per non immischiarsi." Libero la mano e disegno nell'aria le virgolette per sottolineare la parola *immischiarsi*.

Tank scuote la testa, ma le labbra si piegano un poco. La mia piccola ramanzina l'ha fatto sorridere.

"E poi cosa c'è di così sbagliato a immischiarsi?"

Domanda sbagliata. Ogni accenno di calore abbandona l'abitacolo. È come se Tank si fosse tramutato in pietra.

"Tank?"

"Non è sicuro" dice.

"Cosa non è sicuro? Io e te?" Sbuffo. "Ridicolo. Sei il tipo più sicuro che conosco."

"No, non è vero."

"Mi stai dicendo che sono in pericolo? Non ti ci vedo a nuocere a una donna."

"Non a una donna qualsiasi. Sono pericoloso solo per te."

"Cosa?"

Mormora qualcosa e mi chino verso di lui. "Non ho capito."

"Il mio lupo è attratto da te."

Oooh. Se fossi un gatto, farei le fusa. "Il tuo lupo? O te?"

Gli rimetto la mano sulla gamba.

"Piantala" dice. Ma non mi leva la mano.

"Non ti ho mai ringraziato dell'aiuto. Sarei un casino se non ci fossi stato tu."

"Sei un casino."

Rido, ma è un suono duro e amaro. "La parola che stai cercando è *stramba*."

"Non sei stramba." Si acciglia.

~.~

Tank

. . .

Foxfire piega la testa di lato mentre mi scruta. Mi chiedo cosa veda. "Mi trovi carina, però."

Scuoto la testa.

"Oh, andiamo. Ti piaccio. Ammettilo."

"No."

La delusione le segna il viso. Immediatamente vorrei rimangiarmi ogni parola. Ma cosa posso dire? *Dammi tutto il fastidio che vuoi, tesoro. Stai solo pronta ad affrontarne le conseguenze.* Cazzo. Il pensiero di bloccarla giù e insegnarle a obbedire mi fa premere dolorosamente l'uccello contro ai pantaloni.

Passano i chilometri. Foxfire guarda fuori dal finestrino, sconfortata.

"Sei estremamente graziosa" ammetto. "Decisamente sexy."

"Sul serio?" Si illumina.

"Sì. Sto facendo una fatica boia a trattenere il mio lupo perché non ti si lanci addosso per scoparti fino a farti perdere i sensi."

"Meraviglioso" dice in un sussurro. Del tutto fuori di testa. "Sapevo che mi volevi." Mi scruta, la testa piegata di lato.

"Cosa c'è?" Il suo sguardo mi innervosisce.

"Che ne dici di adesso?" mi chiede. Mi appoggia la mano sulla coscia e la fa risalire lentamente. Il pick-up sbanda e stringo meglio il volante.

"Cosa? No."

Ma si è slacciata la cintura e scivola fuori dal sedile.

"Foxfire. No. Torna al tuo posto. Dico sul serio."

"Non ti ho mai ringraziato dell'aiuto" dice con voce suadente. Chinandosi su di me, mi slaccia il bottone dei jeans.

Mi sento fremere l'uccello. Cazzo, intendo permetterglielo? Siamo su una strada secondaria in mezzo alla foresta nazionale, nessuna macchina in vista. Però... le probabilità che al primo tocco ci schiantiamo contro a un albero sono altissime.

Le sue manine mi afferrano i jeans e tirano. Mi sposto per lasciare spazio alle sue dita, prima di rendermi conto di cosa sta succedendo.

Rallento, ma non c'è spazio per accostare lungo questo tratto. Nel frattempo lei mi prende l'uccello.

Cazzo. Sta succedendo davvero.

"Non posso" dico con voce roca. Non posso mantenere il controllo. Non posso guidare il pick-up con la sua dolce bocca sul mio sesso. Non posso evitare di scoparla fino a domani. Le afferro il polso con decisione, ma non troppo forte. Non voglio farle male.

"Ti prego, omaccione" sussurra, e quasi esco di strada.

Mi scruta dall'altezza delle ginocchia, le dita affusolate che mi accarezzano il membro.

"Ti prego." Si lecca le labbra. "Lo voglio tantissimo. Lascia che ti faccia un regalo."

Come se esistesse un maschio vivo sulla faccia della terra capace di dirle di no, quando implora in questo modo. I suoi dolci capezzoli sono duri mentre mi prega di avere il mio uccello. Si avvicina e mi soffia aria calda sul membro. Mi sento stringere le palle al punto che quasi fanno male. Ce l'ho così duro, cazzo. Ce l'ho duro da quando l'ho vista la prima volta.

La strada più avanti si allarga. Grazie, cazzo. Mi fermo e sollevo il bacino. "Va bene. Tiralo fuori."

Inizia lentamente a farmi una sega. La sua manina quasi non ci sta attorno.

Parcheggio il pick-up e le afferro i capelli. Se dobbiamo farlo, che sia come dico io. "Voglio che me lo prendi in bocca."

"Ok, paparino." È una follia che mi chiami così, ma il mio lupo lo adora. Vuole prendersi cura di lei, proteggerla, mostrarle cosa vuol dire essere il suo paparino: nel senso del compagno dominante, non certo nel senso paterno.

Si tuffa in avanti, avvolgendo la bocca calda sul mio sesso. La pressione giusta, la lingua che mi accarezza. È perfetto, ma voglio vedere fino a dove mi lascia arrivare, come risponde al mio lato dominante.

Le tiro i capelli e la stacco da me. "Leccalo su e giù."

"Sì, papari-no" dice ansimando. Ok, sbagliatissimo. Ma me lo fa diventare ancora più duro, cazzo. Mi lecca con un sacco di lingua, seguendo le istruzioni. Ha una lingua piccola e vogliosa. Farò durare questa cosa il più possibile. Ma non sarà facile.

"Succhialo" ordino.

"Mmmm." Mi chiude le labbra attorno alla verga e succhia vigorosamente, scorrendo per tutta la lunghezza,

Completamente sottomessa. Il mio lupo sta impazzendo. Vuole marchiarla subito, qui.

È lei, sta ululando.

"Giusto, tesoro. Vai più in fondo che puoi."

Mi inghiotte in profondità e poi si rialza, ansimando.

"Brava ragazza." Le accarezzo i capelli. Le lascio tempo prima di riprovarci.

Le infilo una mano nella maglietta, tirando giù il reggi-seno per stringerle una tetta. È morbida e calda, ha le tette della perfetta grandezza di un palmo. Strofino il capezzolo con il pollice e lei si muove irrequieta.

Le stringo il seno. "Succhialo."

La sua testa si muove su e giù a ritmo.

"Così, tesoro, sto per venire."

Si applica con maggiore vigore.

"Toccami le palle. Prendile in mano." Lei obbedisce e le tocca delicatamente. Le sento fremere e stringersi.

"Cazzo, vengo. Sei pronta, tesoro?"

Mi aspetto che si stacchi, ma continua a succhiare con forza. "Mmhmm" mi conferma.

Cazzo. Cazzo. Sento tendere lo scroto. Le luci mi esplodono negli occhi.

Foxfire. *Cazzo.*

Le spingo in bocca. Lei deglutisce, mentre le sfuggono piccoli versi di ingordigia.

"Cazzo, tesoro" annaspo. "Che bello."

Mi sorride, un piccolo angelo dai capelli arcobaleno. Le labbra le luccicano.

È dannatamente bella, cazzo. Vorrei stenderla sul cofano della macchina, aprirle le gambe e restituirle il favore.

"Quando vuoi" dice, e in quello una sirena suona dietro di noi. Luci blu e rosse illuminano il pick-up.

La polizia. *Merda.*

~.~

*F*OXFIRE

*O*H *OH.*

Scivolo al mio posto, asciugandomi la bocca. Che eccitante. Sarei potuta venire solo per averglielo succhiato. Robe da pazzi.

Tank si tira su la cerniera dei pantaloni, sempre imprecando. Il poliziotto sta uscendo dall'auto.

"Cintura" ordina Tank mentre prepara patente e libretto. Io mi lego, chiedendomi quanto la situazione sia chiara, labbra bagnate e capelli scompigliati. Vabbè. Ne è valsa la pena.

Mi stampo in faccia la mia espressione innocente mentre il poliziotto si avvicina. Speriamo che il malvivente non si svegli e il poliziotto non decida di perquisire il cassone.

Dobbiamo solo comportarci in modo naturale.

"Salve, agente." Faccio un cenno di saluto con la mano mentre l'agente si china verso il finestrino.

Tank serra la mandibola, ma non dice niente.

"Problemi, figliolo?"

"No." Tank non guarda il poliziotto. La mano si chiude sul volante. Il poliziotto socchiude gli occhi mentre osserva i tatuaggi, i muscoli giganteschi e la mancanza di rispetto per l'autorità.

"Nessun problema" dico io con voce trillante, lisciandomi i capelli. "È stata tutta colpa mia se abbiamo dovuto accostare." L'agente fissa gli occhi su di me. "Ehm... mi è caduta una lente a contatto. È stato sciocco, ma mi sono chinata a cercarla e lui ha accostato per aiutarmi." Sbatto le ciglia. Il poliziotto sposta lo sguardo da me a Tank e viceversa. "Quindi è colpa mia. Lui non era molto felice all'inizio" sussurro, come se stessi raccontando un segreto. "Le perdo di continuo." Scrollo le spalle, piego la testa di lato e faccio una risatina. Ragazza carina e sconclusionata, sognante e folle. Eccomi!

"Deve tenere allacciata la cintura, signorina."

"Oh, lo so" annuisco e faccio due occhioni grandi. "Non mi ha permesso di chinarmi fino a che non ha accostato."

Tank sospira. Vedo il momento in cui il poliziotto inizia a sentirsi in pena per lui, ma anche un po' invidioso.

"È uno scontroso, sa" blatero. "Gli ho promesso che gli

cucino una bella cena, ma a quanto pare dovremo continuare il viaggio. Dovrò farmi perdonare più tardi." Un'altra scrollata di spalle con risatina stupida.

Ora l'agente sta trattenendo un sorriso. Guarda le credenziali di Tank e gli restituisce i documenti. "Questo spazio a bordo strada è solo per veicoli in avaria. Farete meglio a ripartire."

"Ok, grazie agente." Annuisco, i capelli che mi rimbalzano attorno alle spalle. Il poliziotto dà un colpetto con la mano al lato del pick-up. "Guidate con prudenza."

"Sì" mormora Tank, non proprio rispettoso.

"Grazie mille." Agito la mano abbastanza forte da far sobbalzare le tette.

Non appena il poliziotto è risalito in auto, mi sgonfio sul sedile. Crisi evitata per un pelo. Non grazie al lupo mannaro immusonito accanto a me.

"Era carino" dico, mentre Tank imbocca la strada. Mi lancia un'occhiataccia che potrebbe trasformarmi in pietra.

Gli sorrido. "Ma non è il mio tipo." Gli rimetto la mano sulla coscia, accarezzando il muscolo sodo sotto ai jeans.

Tank scuote la testa. "Bellezza, sei un grosso guaio."

"Mmm hmm. Intendi punirmi?"

Si gira a guardare, incredulo, come se fosse troppo presto per mettermi a scherzare. I suoi occhi scivolano più giù. Ho ancora il reggiseno abbassato, che mi spinge su le tette, formando un bel decolté. Le spalline sono scivolate fino a metà braccia.

Per forza il poliziotto ci ha lasciati andare via velocemente.

"Ti punirò *sicuramente*, tesoro." Il tono mi fa rabbrividire.

Faccio per sistemarmi il reggiseno, ma Tank ringhia. "Lascia stare."

Allora va bene. Qualcosa mi dice che la punizione, di *qualunque natura* sia, sarà molto eccitante. Anche se Tank sa fare un po' paura. Non sono preoccupata.

E poi, l'espressione di beatitudine che aveva quando mi è venuto in bocca... ne è valsa la pena.

CAPITOLO SEI

Mi FERMO un secondo per scaricare il bell'addormentato nel bosco dietro a un distributore. Gli lascio qualche soldo in più nel portafoglio e lo metto seduto, appoggiato a un albero.

Foxfire resta in silenzio mentre mi dirigo verso l'ultima posizione nota della roulotte di sua madre.

Non riesco a capire come possa farmi fare follie del genere. Tipo permetterle di farmi un pompino mentre sto guidando. Con un mafioso nel cassone del pick-up. E un poliziotto sospettoso pronto a guardarci dal finestrino.

Cazzo, che miracolo che adesso non sia in una cella per rapimento e aggressione. Mio padre mi ha sempre messo in guardia: "Le femmine sono la nostra rovina. Segnati le mie parole, figliolo, in modo da non scoprirlo sulla tua pelle." Non mi ha detto come l'ha imparato lui sulla propria pelle. Non ne ha avuto bisogno.

"Ecco qua." Foxfire drizza la schiena, indicando la

roulotte grigio-argento a forma di proiettile al limitare della foresta nazionale. "Ma la macchina non c'è, quindi non penso che sia a casa."

"Sul serio?" mormoro. La roulotte ha una fiancata dipinta con un campo di papaveri. Certo, i papaveri sono bellissimi – molto intricati e artistici – però … La madre di Foxfire è una hippie al cento per cento. Adesso capisco dove Foxfire ha preso le sue follie.

"Che c'è che non va?"

"Niente. Da quanto sta qui?"

"Da qualche anno. Le piace l'energia." Foxfire fa per aprire la portiera, ma le faccio segno di fermarsi.

"Aspetta qui, bellezza."

Per una volta non mi mette il broncio.

Mi avvicino cauto, annusando l'aria. Incenso, lavanda o qualche altro olio hippie. Normali odori umani mescolati ai profumi della natura. Ma c'è altro. Cenere di sigaretta.

"Tua madre fuma?" chiedo, quando torno al pick-up.

"Intendi tipo erba?"

"Sigarette."

"Assolutamente no."

"Quando l'hai vista l'ultima volta?"

Foxfire ci pensa su un po'. "Alla scorsa Festa del Ringraziamento… oppure l'anno prima? Aspetta, in che anno siamo?"

"Non importa."

Le apro la portiera.

"Grazie." Le sue guance prendono colorito. I capezzoli premono contro alla maglietta. Devo procurarle vestiti più spessi. Nessun altro oltre a me dovrebbe vedere questo corpo così dolce.

Non che intenda farla mia.

Prende una giacca dalla sua borsa e ci si avvolge dentro.

Ha ancora gli shorts cortissimi, quindi è davvero ridicola. E sexy.

Mentre ci avviciniamo alla roulotte, la porta si schiude.

"Mamma?" dice Foxfire.

Alzo la mano per fermarla. "In genere la lascia aperta?"

"Di solito no, ma non la chiude neanche a chiave. Dice che chiunque dovesse rubarle qualcosa, di certo ne ha più bisogno di lei." Foxfire scrolla le spalle. "Non possiede molto."

Un sacco di campanellini e scacciapensieri sono appesi alla tenda parasole e anche agli alberi circostanti.

Entro. Il posto è devastato. Non solo incasinato, ma pieno di spazzatura. Sto per chiedere a Foxfire se sia tipico di sua madre tenere la casa così, quando le sfugge un singhiozzo.

"Mamma?"

Cerchiamo, ma non c'è nessuno. Cerco di cogliere un odore, ma il posto è troppo pregno dell'essenza di salvia bruciata. Tossisco ed esco per schiarirmi le idee. È lì che noto cosa c'è a terra accanto alla porta.

Impronte di stivali.

"Tua madre ha un compagno?" chiedo a Foxfire quando esce anche lei. "Un fumatore?"

"Non frequenterebbe mai un fumatore di tabacco. Odia quelli con la cicca perennemente in bocca."

Le mostro le impronte con la cenere di sigaretta. "Qualcuno è stato qui."

"Sono venuti a prenderla, come sono venuti da me. È nei guai. Tank. So che è così."

"Forse no. Hai detto che l'auto non c'è, giusto? Forse si nasconde da qualche parte." La stringo a me. Voglio confortarla, ma non riesco a pensare ad altro che Foxfire è con me, al sicuro, quando altrimenti sarebbe in pericolo.

Ci metto qualche secondo per rendermi conto che sta spingendo contro al mio petto.

"Lasciami andare" dice, e si prende tutto lo spazio che le concedo. Si stringe le braccia attorno al corpo minuto e si allontana.

Cavolo, pensa che sia colpa mia. Le ho impedito di rispondere alla madre ieri sera.

"Foxfire…" Corro e la afferro per un braccio, ma lei si divincola.

La lascio andare, la lascio allontanarsi. Non voglio farle male. Voglio darle conforto.

"Lasciami stare" dice bruscamente, e va verso i pini.

"Foxfire, *no*." Uso tutta l'autorità alfa che riesco a raccogliere. Non può trasformarsi in una volpe. Non qui. Ci sono auto che sfrecciano a poche decine di metri di distanza.

La trovo rivolta verso un albero, i pugni stretti.

"Andiamo" sussurro. "Andiamo."

Sta chiamando la sua volpe, ma il suo animale non vuole essere liberato. Non fino a che non glielo permetterò io.

"Foxfire, va tutto bene. La troveremo."

"È mia *mamma*. L'unica famiglia che ho. Se le è successo qualcosa, non avrò più nessuno. Nessuno. Sarò completamente sola."

"Shh." La tiro fra le mie braccia, la sollevo e la riporto verso il pick-up. Senza pensare, le bacio la tempia. "Hai me."

~.~

FOXFIRE

. . .

GUARDO la roulotte della mamma scomparire alle nostre spalle mentre ci allontaniamo. Fa freddo, ma non è per questo che sto tremando.

Non sono riuscita a trasformarmi. La mia volpe è dentro di me, in attesa, ma non è voluta uscire per farmi sfuggire al panico per un momento.

Logico. Sono un'umana stramba, quindi perché la mia volpe dovrebbe lasciarsi convincere? Foxfire: la mutante che non sa neanche tramutarsi.

Noto a malapena la strada che Tank sta percorrendo, fino a che non parcheggia su una strada in mezzo alla foresta. Non siamo a Flagstaff, e per niente vicini alla civiltà.

"Su" dice.

"Dove andiamo?"

"A farci una corsa."

"Qui? Adesso?"

"Questa è una foresta nazionale."

"È quasi il tramonto."

Si leva la maglietta e la getta sul cruscotto. "Correremo sotto alla luce della luna." Si sfila i jeans. Mi si seccano le fauci. "Vieni?" È quasi nudo.

"Dovresti prima levarti i vestiti. Meno roba strappata. Fidati."

Gli rivolgo un sorrisino.

L'aria primaverile è fresca.

"Vieni qui." Mi prende tra le sue braccia.

È così forte e caldo... caldissimo. Dopo un minuto, mi rilasso contro al suo corpo.

"Ecco, tesoro" mormora.

Chiudo gli occhi e mi sciolgo tra le sue braccia forti. Una barriera tra me e il mondo. Una ragazza potrebbe anche abituarcisi. Se sono intelligente, non lo farò.

"Sei pronta?"

"Non posso, non ci riesco."

"Lo so. Laggiù ti ho fermata io, con il mio comando alfa. Avevi paura, e non era una buona idea. Ma qui siamo al sicuro."

Al sicuro. Con Tank.

"Non... non lo so..."

"Chiamala, piccola. Chiama la tua volpe. Rilassati."

"E se non viene?"

"Verrà." Abbassa la testa e mi bacia. Quando le sue labbra si staccano dalle mie, ha gli occhi velati di un colore ambrato. "*Adesso, Foxfire.*" La sua voce ha la stessa autorità di prima.

Il mio corpo freme all'ordine e Tank fa un passo indietro.

Il mondo cambia. Il freddo e la pelle gelata si dissolvono. Sono a quattro zampe, a terra, ma sto bene.

Guardo il lupo nero gigante con gli occhi gialli che mi sta davanti. Trotterella verso di me e mi lecca il muso fino a che non sento più il formicolio alle zampe. Faccio un passo, esitante. Tank mi spinge il fianco.

E partiamo. Di corsa. A volte Tank sta davanti, qualche altra volta mi segue.

Io corro, ma ci vogliono diverse falcate per coprirne una delle sue.

Trovo alcuni anfratti stretti dove nascondermi, ma lui mi scova sempre.

Il sole cala e sorge la luna. Il freddo mi pizzica sotto alla pelliccia, ma sto bene. Mi viene voglia di andare a caccia e banchettare, per poi accoccolarmi nella mia tana.

Il lupo corre accanto a me, sbattendo leggermente contro al mio fianco. Vuole che mi giri e torni indietro. Faccio una finta e lo schivo, continuando a correre. Mi fa cadere e si porta sopra di me. Il suo ringhio mi vibra dentro.

Rotolo sulla schiena e piego la testa, offrendogli il collo e la pancia in segno di sottomissione. Mi lecca il muso e alza la testa. Con uno sbuffo si trasforma in uomo, sempre accucciato sopra di me.

"Su" dice. "Torniamo al pick-up."

Sempre con le sembianze da volpe, mi alzo in piedi. Per un secondo considero l'idea di sfrecciare nel buio. Non potrebbe inseguirmi.

Una grossa mano mi afferra per la collottola. Gemo. Tank mi solleva e mi fissa con occhi dominanti. Resto immobile e floscia come un cucciolo.

"Si torna al pick-up" ordina di nuovo, poi mi rimette a terra.

Trotterello accanto a lui, ubbidiente, e salto a bordo quando apre la portiera. Dopo essersi infilato i jeans e aver steso una coperta sul metallo freddo, sale dietro di me.

"Merda, Foxfire" ordina, e il mio corpo obbedisce. Per un brutale momento, il mondo si contorce, ogni centimetro delle mie membra muta con un dolore improvviso e scioccante che scompare non appena apparso. Non avevo notato il dolore l'ultima volta. Quando scompare, resto distesa sulla coperta, gli arti ancora frementi della sensazione.

"Va tutto bene, tesoro" mormora, ma non mi tocca. Gli sono riconoscente. Ho la pelle sensibilissima.

Prende una strisciolina di carne e me la porge. Mi passa una bottiglia d'acqua e finisce di vestirsi mentre bevo.

Alla fine ritrovo la voce.

"Freddo." Rabbrividisco.

Mi posa i vestiti accanto e mi prende tra le braccia.

"Sei stata brava, piccola."

Venti minuti dopo, sono a un tavolo da picnic all'interno di un posto dove fanno il barbecue, mentre Tank ordina. Torna portando cibo per sei, inclusi contenitori extra di carne.

Ne prendo subito uno e mi tuffo senza preoccuparmi di aggiungere salsa. "Che buono." La mia volpe è felice. Tank fa come me, svuotando un contenitore di carne e azzannando poi un panino. Butta via le fette di pane. Se c'è qualcuno che ci guarda, penserà che siamo escursionisti morti di fame che seguono una folle dieta ad alto dosaggio di proteine.

Tank apre l'ultimo contenitore e mi si illuminano gli occhi nel vedere le costolette. Aspetta che mi sia riempita prima di farmi cenno di passargli il contenitore. Ci pesca dentro, finisce il resto della carne e succhia gli ossi mentre io mi lecco le dita, soddisfatta.

"Piena" gli dico, e lui sbuffa soddisfatto. Mi guarda finendo le costolette, e ho la sensazione che voglia divorare anche me.

Un bel brivido.

Vado a lavarmi le mani e a riempire la bottiglietta. Quando torno, mi fa sedere al suo fianco. Si siede a cavallo della panca, tirandomi a sé, con la schiena appoggiata al suo torace. Protesto un momento quando mi ruba un sorso dalla bottiglietta, ma per lo più me ne sto comoda lì, contenta.

Fuori dalla finestra si vede la luna piena e un cielo pieno di stelle.

Tank è grande e solido sotto di me. Le mani sono appoggiate sulla mia pancia e mi accarezzano senza pensieri. Che bello farsi le coccole così.

"Non avrei mai pensato che fossi così affettuoso.

"Mmm. Tipico dei lupi."

Sorrido tra me e me. Già, certo.

"Ci piace toccare" continua. Parla a voce bassa perché ci sono persone attorno a noi. Sono emozionata nel sentirmi inclusa nel *ci*.

"Non sono mai stata tanto tipa da coccole."

"Non sei mai stata con quelli come te."

"Sarò mai capace di… trasformarmi… da sola?"

"Con un po' di allenamento. Andrà tutto bene. Per te è più difficile, perché non sei cresciuta con i tuoi simili."

"Sono contenta di avere te."

Non dice niente.

Ahia.

Giusto. Sarà anche con me in questo momento, ma non mi fa nessuna promessa.

Mi si stringe lo stomaco, ma cerco di scacciare la sensazione. Dovrò accontentarmi di prendere quello che arriva. "Mi sono divertita stasera" gli dico.

Sbuffa. "Da volpe sei disubbidiente proprio come da umana."

Gli sorrido.

Scuote la testa e le sue labbra si piegano.

"Mi punirai?"

"Sì."

Evviva!

CAPITOLO SETTE

oxfire

Troviamo un hotel in città. "Aspetta qui." Tank va verso la lobby. Mi stiracchio e bevo il resto della bottiglietta.

La portiera si apre e Tank mi porge la mano. "È ora di uscire, tesoro" mormora. La voce è profonda e sexy. Vorrei avvolgermici come in una coperta. Adoro che mi chiami *tesoro*, proprio come adoro vedere il conflitto imperversargli nello sguardo quando io lo chiamo *paparino*. È in parte pura lussuria, in parte stupore, in parte colpa.

"Devo fare una telefonata" dice Tank aprendomi la porta della lobby. "Farai la brava e starai ferma qui?"

"Per ora." Gli rivolgo un sorriso malizioso. Poi mi tiro indietro i capelli e finisco per mettermi a ripulirli da pezzetti d'erba. "Voglio comunque darmi una lavata."

Annuisce e mi lascia. Decido di mettermi subito al lavoro, facendo una mini-doccia e poi spazzolandomi con cura i capelli.

L'hotel segue una tematica 'vecchi tempi', con foto di pionieri e qualche ruota di carrozza appese alle pareti.

Osservo l'unico letto della stanza. Ha una struttura rozza, di vero legno, senza piumino. Dovrei offrirmi di prendere una camera separata, ma non riesco a convincermi.

Tank torna con il suo borsone nero e lo posa sul pavimento, mentre chiude la porta con il piede. Si massaggia la faccia e poi si leva la maglietta.

All'improvviso sono sveglissima.

"Cavolo. Tutti i lupi mannari hanno un fisico del genere?"

Tank dà un'occhiata al suo corpo impressionante, poi afferra la bottiglia d'acqua e se la scola. "Sì. È il metabolismo."

"Dovreste trasformare l'Eclipse in un locale per spogliarelli maschili. Fareste un sacco di soldi."

Tank si acciglia.

"Era tanto per dire. Io ci lavorerei… gratis."

"Tu non guarderai nessun altro lupo" ringhia. "Non mentre stai con me."

Sbatto le palpebre. Non mi ero accorta di stare con lui, ma il suono della frase mi piace.

"Per esempio, flirtare con quel poliziotto oggi pomeriggio. Assolutamente no."

Nascondo un sorriso, fingendo innocenza. "Ma…"

"Dico sul serio." Il severo sguardo che dice *Cattiva Foxfire!* mi fa rabbrividire.

I lupi mannari sono possessivi. Buono a sapersi.

"Anzi, flirtare con chiunque, davanti ai miei occhi, ti fa guadagnare una punizione."

Mi lecco le labbra. "Questa punizione… mi piacerà?"

Fa schioccare le labbra. "Sì, tesoro, ti piacerà un sacco. Sei remissiva, sotto sotto."

"Come fai a saperlo?"

La voce si fa più profonda. "Sento l'odore della tua eccitazione da qui." Avanza lentamente verso di me.

Mi siedo sul bordo del letto e serro le gambe alla ricerca di un po' di sollievo.

Quando mi raggiunge, mi afferra entrambe le ginocchia e le allarga. "*Questa fica.*" Guarda la parte superiore delle mie cosce come se vedesse attraverso gli shorts. Gli shorts di jeans che avrei dovuto lasciare a Tucson, perché mi si è gelato il culo per la maggiore altitudine di Flagstaff.

Cado all'indietro sui gomiti. I seni si alzano e riabbassano seguendo il respiro ansimante. "Cosa?" sussurro.

Si accuccia e si porta con gli occhi a livello della cucitura dei pantaloncini. Si china in avanti e usa i denti sulle mie parti più sensibili. "*Questa fica* proprio adesso è bagnata perché sto facendo il padrone con te. Vero, bellezza?"

"Sì" dico in un soffio, parlando mentre espiro.

Si alza in piedi e mi spinge indietro le ginocchia, in modo da portarle verso le spalle. Mi sdraio sulla schiena, offrendogli la mercanzia come una brava cucciola remissiva. Lui mi guarda, gli occhi che brillano di ambra. "Mostramela."

"Co-cosa?"

"Mi hai sentito. Voglio vedere quella fica che implora la sua punizione."

Ommioddio. Mi ha appena antropomorfizzato il sesso?

Sono più che eccitata. Sento un fruscio nelle orecchie, la vista mi si annebbia.

Traffico con dita maldestre sul bottone degli shorts.

"Brava" commenta Tank con tono suadente.

Apro i pantaloncini e li faccio scendere lungo le gambe.

"Non… non indossi biancheria intima?" chiede con voce strozzata. A quanto pare non l'aveva notato quando ci siamo spogliati per tramutarci. Quando sono arrivata a metà coscia con gli shorts, li afferra e me li strappa via.

"Non mi piacciono le mutandine."

"Dovrei punirti solo per questo. Ragazza cattiva. Tenere quella fica nuda così vicina a me per tutto il giorno."

"Non ha senso, lupone."

"Ecco qua, volpacchiotta." Mi infila un braccio sotto alle ginocchia e le solleva. Sono confusa, finché la mano non cala con decisione sul mio sedere ora nudo. Lancio un gridolino. Mi assesta qualche altra sculacciata: una da ogni lato e un'altra al centro.

Santa madre di Dio! In questa posizione può schiaffeggiarmi non solo le natiche, ma anche il sesso, ora sporgente tra le gambe.

Lo vedo sorridere quando nota il liquido gocciolarmi dalle parti intime. Ci passa sopra con leggerezza il pollice.

Ho uno scatto, sento accendersi ogni terminazione nervosa.

"Cominci a capire come funzionano le cose, volpacchiotta?" Mi tocca ancora con le dita le parti sensibili, come strimpellando sulle corde di una chitarra.

Sto dimenticando come mi chiamo. "Come funziona cosa?"

"Chi è il capo qui? E chi sta sotto?" Un altro paio di sculacciate sulle natiche, ma gli interessa molto di più farmi rabbrividire e fremere accarezzandomi in mezzo alle gambe.

"Non sono pronta a concedere nulla." La mia voce suona tremante e, considerata la posizione, non penso che ci creda. "H-ho ancora dei diritti."

"Quali diritti?" Sorride. "Sono più grosso di te."

"Non è giusto."

"È così che funziona. Ti tratterò bene, tesoro. Se ti do degli ordini, è per tua protezione, non perché sono sotto il controllo di un'erezione. I lupi dominanti vogliono proteggere i deboli."

"Quindi tu *vuoi* proteggermi?"

"*Devo* proteggerti. È una pulsione."

La delusione pervade il torpore dato dal desiderio. Quello che temevo: non vuole stare qui con me. È solo vincolato dall'onore.

"Quindi, quando ti do un ordine, tu obbedisci."

"Sì, paparino." Il tono è un po' beffardo. Tank mi tira più su le ginocchia e mi assesta diverse sculacciate, stavolta più forti.

Grido. "Tank…"

"Va tutto bene, bellezza. Accetta la punizione e io mi prenderò cura di te."

"Ti prego." Ansimo mentre lui mi colpisce particolarmente forte. Non posso sopportare molto di più, ma sono eccitatissima e non so esattamente come interpretare la cosa.

"Farai la brava?"

"Sì, ti prego, sarò bravissima."

"Farai quello che ti dico?"

"Sì, omaccione."

"Cazzo" mormora. Il suo sesso è gonfio sotto ai jeans. Non sono l'unica influenzata dalla situazione.

Smette di sculacciarmi, ma mi tiene la mano appoggiata sul sedere, strizzandolo senza pensarci.

"Cazzo" ripete. "Non posso credere che non indossi le mutandine."

Mi struscia il pollice sulla carne bagnata e trova il punto più tenero. Sfiora con maggiore leggerezza possibile il mio bocciolo desideroso. Inspiro con forza e si ferma.

"Ti ho fatto male?"

"Uh, no. Solo che…" Sono sensibilissima. Mi sono concentrata solo sul lavoro per così tanto tempo da ignorare del tutto le mie parti intime. "È da tanto che non…"

"Tesoro" mormora, abbassandomi il sedere sul letto e lasciando andare le ginocchia.

Quando mi rimette le dita tra le gambe, gli afferro la mano e premo. Gli faccio vedere come mi piace. Non che non mi sembri capace di capire le cose da solo. "Ti prego, non ti fermare."

"Non mi fermo." La sua voce è ancora più profonda del solito. "Toccati i seni" mi ordina.

Lascio alle sue cure il mio sesso e porto le mani sotto alla maglietta, infilandole nelle coppe del reggiseno. Immaginando che le mie dita siano le sue, mi pizzico i capezzoli, li tiro, dandomi un po' di dolore mescolato al piacere.

Perdo ogni inibizione e dondolo il bacino verso di lui.

"Così" mormora. "Prendi, bellezza. Prendi quello che ti serve."

"Merda" annaspo. "Sto per venire." Agito il bacino con più forza, strusciando contro alle sue dita mentre l'orgasmo mi pervade.

"Resta dove sei" mi ordina Tank, alzandosi in piedi. Io mi abbandono davanti a lui, le gambe divaricate. Mi tira fino al bordo del letto. Stringo le gambe attorno a lui mentre si tira giù i jeans quel che basta per estrarre il sesso e iniziare a toccarselo lentamente su e giù.

"Tank…"

"Toccati."

La mia mano mi striscia tra le gambe, pronta a eseguire gli ordini.

"Dimmi quando stai per venire." Mi afferra una caviglia. "Allarga le gambe di più. "Fammi vedere bene."

Tiro indietro la testa. Cazzo, obbedirgli è così eccitante.

"Tank…"

"Stai per venire?"

Annuisco.

"Fermati. E levati la maglietta. Adesso ti marchio. Non permanentemente, solo con lo sborro."

Non so cosa significhi permanentemente, ma cavolo, è così eccitante... Tolgo maglietta e reggiseno e striscio più vicina al bordo del letto.

"Toccati ancora."

Lo faccio, tenendo gli occhi fissi sulla sua verga enorme. La sua mano la stringe, ma la mia ci si chiudeva attorno a malapena.

L'eccitazione mi pervade e gemo.

"Non venire. Non ancora" ringhia.

"Ti prego..."

Muove la mano più velocemente. "Dico sul serio, bellezza. Se vieni prima del tempo, ti prenderò a sculacciate quella bella fica."

All'improvviso sto per venire, sono vicinissima all'apice. Ci sono quasi. "Tank..."

Emette un profondo gemito. Inarco la schiena, mentre mi dipinge con il suo seme.

"Cazzo" ansimo.

"Cazzo" conferma lui.

Rido, ma lui è serio quando porta le mani sul mio seno per spalmarmi lo sperma. "Bene, tesoro. Resta lì."

Mi lascio andare, sdraiata sul letto, mentre lui si dirige verso il bagno. Sento scorrere l'acqua, e poco dopo lo vedo tornare con un asciugamano che usa per pulirmi. Mi piace un sacco.

Faccio per alzarmi, ma mi ferma. "Resta lì."

"Voglio dell'acqua." Mi sembra di avere continuamente sete, adesso che ho scoperto il mio lato di volpe.

"Te la prendo io."

Mi metto comunque a sedere, se non altro per ammirare il culo sodo dell'uomo che mi ha appena dato l'orgasmo della mia vita. Torna e bevo l'acqua. Poi provo a vedere se le gambe barcollanti mi sorreggono. Mi sento rilassata come se avessi fatto un massaggio completo. Sculacciate e orgasmi. Miracoloso.

Tank si dà una ripulita passandosi un asciugamano umido su viso e corpo. So che è solo sesso senza impegno sentimentale, ma non posso fare a meno di immaginare come sarebbe svegliarsi accanto a questo tizio ogni mattina. Senza parlare dell'andarci a letto ogni sera.

Potrei non uscire mai dal letto.

Ma ha detto piuttosto chiaramente di non essere interessato a una relazione. E appositamente non è andato fino in fondo, il che significa che si sta trattenendo per un motivo.

"Ehi." Gli tocco la gamba con un piede. "I lupi possono mettere incinta le volpi?" Ecco il mio vecchio meccanismo di difesa. Dire la cosa che li farà scappare. Funziona.

Rimane immobile.

"Scherzavo." Lo dico velocemente, ma troppo tardi. Quando si gira verso di me, ha l'espressione vuota. Ha ritirato su i muri.

"Foxfire…"

"Tank, so che è solo divertimento." Sembra irritato che l'abbia interrotto, ma continuo. "Nessun vincolo. Non mi aspetto niente a lungo termine."

Mi guarda attentamente. I lupi mannari sentono l'odore delle bugie. Beh, non sto mica mentendo. Allargo le braccia. "Sto recuperando, ricordi? Ho appena rotto con… con… uhm…" Come si chiamava? Resto seduta a fissare Tank per un momento. Il vuoto totale. Poi finalmente ricordo. "Con Benny. Siamo stati insieme due anni, quindi… sì, è un sacco di tempo. Mentre questo…" Agito una mano tra noi due. "Questo è solo divertimento."

Trattengo il fiato, aspettando che confermi o neghi. Non è

altro che una botta e via… vero? Anche se la chimica è esplosiva, e sto iniziando a sentirmi legata a lui.

~.~

FOXFIRE

SOGNO DI CORRERE in mezzo all'erba alta all'inseguimento di qualcosa di piccolo e gustoso. Gli arbusti si spostano e mostrano un panino cotto alla piastra. Un'ovvia trappola. Mi annuso attorno e alla fine salto. All'ultimo minuto, alzo lo sguardo e vedo il grosso lupo cattivo incombere su di me…

Mi sveglio di soprassalto. È presto, ma ho dormito bene e sono allerta.

Tank è accoccolato addosso a me; una grossa parte della sua anatomia mi preme contro il fondoschiena. Non ricordo di essermi addormentata, né di essermi rannicchiata tra le sue braccia. Deve avermi tirata a sé dopo. A meno che non sia già sveglio…

Strofino il sedere contro di lui. Sento subito il suo sesso gonfiarsi, farsi più grosso e duro.

Mi giro e glielo prendo in mano. "Sono eccitata" gli dico.

I suoi occhi castani si aprono e mi fissano, i lineamenti un po' più ammorbiditi dal sonno. Sempre bello, ma un po' più avvicinabile.

Gli rivolgo un sorriso smagliante. "Posso succhiartelo?"

Mi fermo, e poi lui si muove velocissimo. Mi ruota facendomi sdraiare sulla schiena. "Non voglio la tua bocca" ringhia, e mi allarga le gambe. La testa si abbassa sul mio sesso.

Mi lecca, a lungo e con forza, guidandomi verso il Regno dell'orgasmo. "Tank" dico con voce cantilenante, le ginocchia che ondeggiano in aria. "Oh, Tank, oooh." Mentre il piacere mi pervade, lui lecca ogni angolo del mio sesso. Poi mi sale sopra e mi presenta il suo. *Adesso* vuole la mia bocca. Allungo il collo per succhiarglielo fintanto che me lo concede.

Si china verso il comodino. Il fruscio di un pacchetto, poi si allontana da me e infila un preservativo sul membro rigido, perfetto, gigante.

Grazie, Gesù Bambino.

Mi solleva e si mette le mie gambe sulle spalle. Quando mi appoggia la punta del sesso sulla fessura, sono quasi piegata a metà.

"Pronta?" Il suo sguardo mi scruta, il volto non più impassibile ma eccitato, pieno di vivo interesse.

"Sì. Dio, sì." Afferro le coperte.

Sbatte dentro di me, senza trattenersi, senza preliminari. Sono bagnata fradicia. La testa mi vola all'indietro mentre lui mi penetra, ma va benissimo. È perfetto. Lo estrae e lo fa di nuovo. L'impeto che ci mette mi fa indietreggiare sul letto. Allungo le braccia dietro di me e mi aggrappo alla testiera.

"Così, tesoro. Tieniti forte."

Mi scopa con forza, colpi violenti che mi portano sempre più vicina all'orgasmo. Spinge veloce.

"Così. Tieniti forte, tesoro."

Mi afferra le gambe. Mi sono sbagliata: si stava trattenendo. Riprende a sbattere contro alla parte inferiore del mio corpo. Il suo membro gigante riempie ogni centimetro di me. Il mio orgasmo sale, pronto ad avvolgermi.

"Aspetta il permesso" mi ricorda.

"Ti prego, oh, ti prego…"

"No." Mi stringe il sedere. "Aspetta."

"Devo…" protesto. L'orgasmo è così vicino che potrei toccarlo.

"Adesso, bellezza." E vengo, sussultando, il corpo infiammato come se mi avessero dato fuoco.

~.~

Tank

CAZZO. Foxfire spinge sotto di me, la fica che si stringe, afferrandomi. Stringe fortissimo, come se volesse staccarmi l'uccello.

"Così, tesoro." Faccio ruotare un suo capezzolo tra pollice e indice, pizzicandolo un poco. Grida di nuovo.

Esco da lei e la giro a pancia in giù, ammirando il fondoschiena leggermente arrossato. La copro con il mio corpo, infilandole un braccio attorno alla vita e portandola vicino a me. "Sai cosa succede alle volpi cattive?"

Sta ancora annaspando dall'orgasmo. "Vengono scopate. Forte."

La penetro da dietro. È bagnatissima. Arrivo subito al fondo. Tenendola stretta, tendendo l'orecchio per il minimo suono di disagio, la sbatto, accertandomi di ruotare le anche e di riempirla del tutto.

Le alzo una gamba e spingo ancora più in fondo. Cazzo. Voglio vivere dentro di lei. Mi fermo per farle scivolare una mano davanti, in mezzo alle gambe. Sento la fica contrarsi quando trovo il clitoride.

"Oh no, Tank, ti prego. È troppo."

"Prendilo, bellezza" ringhio. "Vieni quanto ti pare." Tiro via la mano e la giro un'altra volta a pancia in su. Voglio vederla, il viso arrossato, i capelli scompigliati, gli occhi dilatati e pieni di stelle, che mi guardano come se fossi un eroe. Non mi delude. Ha quello sguardo annebbiato di una che è appena stata scopata, ma gli occhi si fissano bramosi sui miei e la vedo mordersi il labbro. Ne vuole ancora.

Mi piego sopra di lei e la metto in posizione. Chiudo la bocca sul suo seno e le graffio il capezzolo con i denti un paio di volte, prima di rialzarmi e darle quello che le serve.

Sono per metà giù dal letto, in piedi sulla gamba destra, un ginocchio piantato sul materasso. La prendo per le gambe e la tiro verso di me. Lei mi stringe le gambe attorno alla vita.

Glielo do di nuovo, con forza. A ogni colpo, la testiera del letto fa *tump, tump. tump* contro al muro.

"Aspetta" le ordino.

"Tank" geme "sto venendo…"

"Vieni per me, bellezza" le ordino, infilandomi a fondo dentro di lei. Sento l'uccello pulsare riempiendo il preservativo. Per un secondo vorrei essere dentro di lei senza protezione, riempirla del mio seme. Dovrebbe portare il mio marchio, partorire i miei cuccioli.

Mi metto una mano sulla faccia.

Cazzo. Meno di quarantotto ore e sono strafatto. Foxfire è una droga e io ne sono dipendente.

Ci laviamo meticolosamente.

Foxfire cammina per la stanza trascinando i piedi, toccando oggetti a caso e parlando sommessamente tra sé e sé. Immagino il branco se assistesse a una scena del genere. Due cose accadono contemporaneamente. Mi si stringe il cuore in uno slancio di protezione e affetto per la principessa di La La Land. E la vedo attraverso i loro occhi: la pazza che fa perdere la ragione a Tank. Che gli fa perdere il suo posto nel branco. Proprio come mia madre ha fatto con mio padre. Sono pronto alle conseguenze?

No, cazzo.

Ma il pensiero di lasciarla si trascina dietro il peso di un macigno che mi schiaccia il petto.

"Tank?" mi chiama, e sono fuori dal bagno prima che finisca la frase. "Devi vedere una cosa."

Si accuccia vicino al letto.

Mi levo lo spazzolino dalla bocca. "Che cosa? Cosa c'è?"

Foxfire mi guarda con espressione colpevole. "Qui" dice indicando. Mi avvicino al letto per vedere cosa c'è che non va.

"Che c'è?"

Foxfire mette la mano sulla struttura del letto. "Proprio qui." Una crepa nel legno. La tavola si muove. "Abbiamo rotto il letto."

Ci mette la mano sopra e lo fa cigolare. Un angolo sembra più basso del resto. Le lenzuola sono sparpagliate per la stanza. Il quadro alla parete è inclinato di lato. Gli occhi di Foxfire danzano giulivi.

Ecco cosa mi ha fatto. La mia vita integerrima e fedele alle regole sembra essere appena stata attraversata da un uragano.

Facciamo i bagagli e usciamo dall'hotel, lasciando una mazzetta di contanti sul letto per i danni. Sarà meglio che la madre di Foxfire appaia presto, perché non posso restare a Flagstaff per tutta la settimana. Anche se già non vedo l'ora di farmi un'altra scopata con Foxfire. Ma non posso continuare a sbatterla come se fosse mia.

Diamine, se solo sapesse quanto avrei voluto marchiarla,

su quel letto. Non con lo sborro, ma con i denti. Tipo, renderla la mia compagna per la vita. Il che significa...

Che il mio lupo è innamorato. Innamorato di brutto.

E allora perché ho questo costante timore di unirmi a lei?

Ah, sì. A causa di mia madre.

 ank

"Ok, cerchiamo di capire dov'è tua mamma" dico svoltando nel parcheggio di un piccolo ristorante. Non sono ancora le nove di mattina.

"L'auto non era alla roulotte."

"Dove lavora?" Parcheggio e scendo.

"Insegna arte in un centro sociale e crea gioielli e altri prodotti artigianali da vendere ai turisti. Scacciaspiriti, acchiappasogni, roba del genere."

"Vive di questa roba?"

Foxfire scrolla le spalle. "Le basta. Non ha mai tenuto un lavoro, da quando la conosco. Ma per come vive, non ha bisogno di molto." Ci sediamo e apriamo i menù.

"I malviventi che le hanno devastato casa probabilmente l'hanno spaventata. Ha amici da cui potrebbe essere scappata a rifugiarsi?"

"Non ne ho idea. Magari puoi sentire il suo odore... sai..." Abbassa la voce. "In forma pelosa."

"In pubblico?"

Scrolla le spalle. "Potrei metterti collare e guinzaglio."

"No."

"Hai idee migliori?"

"Esploreremo il posto a piedi. È bene che impari a usare il naso per rintracciare delle piste, anche in forma umana."

"Buona idea." Ordiniamo e arriva la colazione. Foxfire si lancia sul piatto. Abbiamo preso entrambi porzioni extra di carne.

Sotto al tavolo, un piede di Foxfire è appoggiato sopra al mio. Quando finisce di mangiare, mi prendo la salsiccia che ha lasciato e la faccio fuori.

Il piede mi risale lungo la gamba e si ferma sul sesso.

"Attenta" le dico ringhiando.

Si limita a sorridere, e la dolce curva delle labbra basta a farmi venire duro l'uccello. Volpe cattiva.

Chiedo alla cameriera se il cuoco potrebbe gentilmente farci degli hamburger da portare via, anche se non è ancora ora di pranzo. Quando me li porta, li metto nel pick-up. Mi giro e vedo che Foxfire si sta dirigendo verso un mercato di prodotti agricoli e artigianali. È presto e non è ancora molto affollato. I venditori stanno ancora preparando le bancarelle.

"Una volta vendeva qui. Chiedo se l'hanno vista in giro" dice quando la raggiungo, ringhiandole dietro per essersi allontanata senza di me.

Chiedo io per primo. "Mi scusi. Sa dov'è la bancarella di Sandra Hines?"

L'uomo mi guarda accigliato.

"Sunny" aggiunge Foxfire. "Si fa chiamare Sunny. Il mio ragazzo non l'ha ancora conosciuta." Mi afferra la mano e l'espressione sospettosa dell'uomo svanisce quando aggiunge "È mia madre."

"Ah sì, Sunny. Di solito si mette lì. È da venerdì che non la vedo, però."

"Grazie." Foxfire cerca di nascondere la delusione, ma vedo una devastante tristezza nei suoi occhi.

Cazzo. Dobbiamo trovare sua madre.

~.~

FOXFIRE

FACCIAMO UN GIRO DEL MERCATO. Incontro più venditori che posso. Confermano tutti che mia madre viene spesso a vendere la sua roba qui, ma non tutti i giorni. Do loro il mio numero di cellulare e chiedo che mi chiamino se la vedono.

Facciamo una pausa per entrare in un negozio di cellulari. Tank me ne compra uno per sostituire quello che mi ha distrutto.

"E adesso?" chiedo, mentre usciamo dal negozio e andiamo verso il pick-up. Abbasso la voce e aspetto che dei turisti ci superino prima di mormorare "Vuoi fare la roba a quattro zampe?"

"Non sono sicuro che sarebbe d'aiuto. Tua madre è stata dappertutto in questa cittadina. C'è il suo odore. E poi hai il telefono adesso. Se uno dei suoi amici la vede, ti chiamerà." Mette la prima. "Riproviamo a casa sua, vediamo se troviamo qualche traccia lì."

Appena torniamo alla roulotte, si tramuta. Io sto di

vedetta mentre un grosso lupo nero va in giro ad annusare. La stazza è incredibile. Enorme. I lupi veri sono grandi, ma lui li supera di certo di una spanna.

Salta nel cassone del pick-up e aspetta che chiuda il portellone prima di ritrasformarsi. Quando ne esce, del tutto vestito e con il fiatone come se avesse fatto una gara di velocità, gli porgo l'hamburger che gli ho scartato.

"Ecco, per il bravo cagnolino."

Mi strappa il panino di mano e lo manda giù in un boccone. "Non chiamarmi cane mai più. A meno che tu non voglia trovarti con il culo rosso."

Gli porgo il sacchetto con il resto del pranzo comprato al ristorantino. "Lupacchiotto?"

Scuote la testa.

Mi appoggio al cassone del pick-up e ammiro la sua mandibola forte masticare. "Adoro prenderti in giro."

"Stai attenta, tesoro. Ci saranno delle conseguenze."

"Adoro le conseguenze."

"Questo non serve che me lo dici. Ho sentito come ti si bagna la fica."

"Le mie parti intime" lo correggo. "È così che si chiamano."

Tank scuote la testa.

"So che la adori, paparino."

"Continua a parlare, dolcezza. Tanto stasera comando sempre io."

Mi giro per nascondere il sorriso di gioia. Tank finisce il pranzo e usa la bottiglia dell'acqua per lavarsi le mani.

Mi siedo sul bordo del cassone. "E adesso?"

"C'era qualcosa nella roulotte. Sapeva di... penso che dovresti vedere."

Con riluttanza lo seguo all'interno. Sarei dovuta venire a trovare mia madre più spesso. Mi manda fuori di testa, ma è tutta la famiglia che ho. Anche se non ho mai vissuto nella roulotte, ha l'odore della mia infanzia. Ci sono alcune cose che riconosco: il disegno che l'ho aiutata a fare sul vetro oscurato, una statuina dorata di Buddha, il set di tazze giapponesi che abbiamo comprato in un negozietto economico.

"Lì" dice Tank, indicando. Accanto alla piccola cassapanca usata come sedia e dispensa, spinge una tavola e apre un piccolo comparto nascosto. Ne escono un sacco di buste.

Vi rovisto in mezzo. Sono tutte indirizzate a Sunny; come indirizzo c'è una casella postale. "Sono vuote."

"Riconosci l'indirizzo?"

"No. Perché pensavi fossero importanti?"

"Perché" dice Tank sottovoce. "Sanno di volpe."

~.~

FOXFIRE

TORNATI NEL PICK-UP, digito l'indirizzo. Abbiamo tenuto una busta e abbiamo rimesso a posto le altre.

A questo punto, è l'unico collegamento che ho con mia madre.

È ora di pranzo, e anche se ha già mangiato, quando ci fermiamo a prendere dei tacos ne ordina venti.

"Potremmo provare al centro. Scoprire se lavora ancora lì e se qualcuno l'ha vista."

Annuisco. Sto ancora pensando alle buste vuote.

"Va tutto bene, tesoro" mi dice. "La troveremo."

"Pensi che qualcuno…?" Mi si serra la gola. Anche se

non la vengo a trovare spesso, Sunny è la mia famiglia. È tutto ciò ce ho.

"Penso che l'abbiano spaventata. Ti ha lasciato un messaggio e adesso si sta nascondendo. Foxfire, non è una mutante."

"Ma allora…" Gli mostro la busta.

"Quelle erano le uniche cose là dentro che sapessero di volpe."

"Però potrebbe essere che la sua bestia sia addormentata. Magari la sua volpe è come la mia: non si è mai sentita al sicuro, abbastanza protetta…" La mia voce si interrompe quando vedo la pena negli occhi di Tank. Mi va bene essere chiamata stramba o pazza, ma guai a provare pena per me, cazzo.

"Non penso che sia una mutante. Penso che tu abbia ricevuto il gene in qualche altro modo."

Questo lascia solo il mio genitore maschio come opzione. Il mio genitore maschio scomparso. Mi ha reso volpe il padre che non ho mai conosciuto?

Non mi rendo conto di aver parlato a voce alta fino a che Tank non risponde. "Penso che sia la soluzione più probabile. Comunque" dice indicando la busta "questa contiene la risposta."

Guardo ancora l'indirizzo. Una calligrafia grande e sgraziata, quasi infantile, indica un indirizzo a Moab, nello Utah. Il timbro postale risale a tre anni fa. Tutto questo tempo, e mio padre era solo a sei ore di strada da me?

Non importa, dico a me stessa. L'unica cosa che conta è trovare Sunny.

"Tank? Cosa facciamo dopo?"

Il suo volto diventa impassibile. "Una cosa alla volta."

Apro la bocca per protestare.

"Foxfire?" Una voce familiare mi chiama dall'altra parte della strada.

Una donna dai capelli lunghi, con gonna e camicetta da campagnola, cammina nel traffico, del tutto ignara delle auto che rallentano per evitare di investirla. Un clacson suona e sobbalzo.

Mia madre non se ne rende conto. Almeno penso che sia lei. Si è fatta i capelli biondi con striature rosa che la fanno sembrare più giovane. "Sei tu!" Sussulta e corre da me. "Pensavo di vedere con il mio terzo occhio."

"Sunny." Le corro incontro.

"Amore mio!" Un centinaio di braccialettini metallici le tintinnano sui polsi mentre mi getta le braccia al collo e mi stringe a sé, avvolgendomi con il suo profumo di salvia e olio di lavanda. Oltre all'odore più acre del suo corpo. Ancora non crede al deodorante. Né al lavaggio delle ascelle. I miei super sensi da volpe me lo fanno sentire bene. Tank si porta una mano al naso, il volto di pietra. Faccio una smorfia comprensiva e mi levo ogni espressione dal volto prima che Sunny mi liberi dall'abbraccio.

"E lui chi è?" Sunny si volta verso Tank con un grande sorriso.

"Lui è Tank."

"Oh, che nome adorabile. State…?" Guarda me e poi lui e viceversa. Me lo aspettavo.

"Sì" dico, mentre Tank contemporaneamente risponde: "No."

Ahi.

"Non è una relazione tradizionale" spiego. "Siamo solo amanti." Accanto a me, Tank resta immobile. Vorrei voltarmi a guardarlo, ma non oso rischiare.

"Oh, meraviglioso." Sunny batte le mani con un'esplosione di braccialetti tintinnanti. "L'amore dovrebbe essere libero dai costrutti della società."

Afferro la mano di Tank. "È quello che pensiamo anche noi. Insomma, perché etichettarlo? Facciamo solo sesso."

"Oh, bene." Sunny mette una mano sul grosso petto di Tank. "Sì, capisco. Però i tuoi chakra non sono equilibrati."

Tossisco. "Dovrebbero esserlo. Abbiamo passato tutta la mattina a lavorare sull'allineamento."

Sunny chiude gli occhi. "Il chakra del cuore è danneggiato. Una ferita recente, forse? Qualcosa ti ha indotto a chiudere il cuore all'amore."

"Sta benone." Le levo la mano dal petto di Tank e lei fa un passo indietro. Mi avvicino a lui, che sembra stupefatto. Forse avrei dovuto avvertirlo.

"Dov'eri?" chiedo a Sunny. "Siamo andati alla roulotte ed eravamo preoccupati."

"Oh." Agita una mano. "Solo qualche piccolo guaio. Degli uomini sono venuti a dirmi che gli dovevo dei soldi."

"Beh, è vero?"

"Può darsi che abbia preso in prestito qualcosina per riparare il furgoncino l'anno scorso. Da un certo signor Biggs. È un tipo simpatico. Ha dei posti dove si gioca a carte."

"Mamma!" La tiro in un vicolo in modo che la nostra conversazione sia privata. "Ti sei immischiata con la mafia!"

"Sul serio, amore? Beh, sai, la valuta odierna è un prodotto della nostra immaginazione. Qualcuno lo dovrebbe spiegare a questi prestasoldi."

"Signora Hines…" inizia Tank.

"Oh, Sunny. Chiamami Sunny, insisto."

"Sua figlia ha ricevuto la visita di uno di questi malviventi. Pensiamo fosse qualcosa di connesso ai suoi problemi."

"Oh!" Si porta una mano al petto. "Stai bene?"

"Tutto a posto, Sunny." Sospiro. Mia madre è proprio

inetta a volte. Devo aver preso da mio padre. "Se n'è occupato Tank."

"Davvero?" Sunny si illumina. "E adesso fa da cibo per pesci?"

"Mamma!"

"No" dice Tank. "Non l'abbiamo ucciso. Lo abbiamo interrogato e poi l'abbiamo lasciato andare. È stata importunata da altri?"

"No, dopo la prima visita no."

"Ma la roulotte è stata devastata."

"Sì, penso che siano stati dei ragazzini. Avevo intenzione di tornare a dare una sistemata." Agita una mano facendo tintinnare i braccialetti.

"Non pensa che siano stati gli stessi malviventi?"

"No, certo che no. Cioè, l'ho ripagato il prestito. Il signor Biggs ha detto che era tutto a posto."

"Allora perché non è tornata alla roulotte?"

"Energia negativa. Non ho avuto modo di passarci la salvia e ripulirla dalle energie oscure che ci sono entrate, quindi per le ultime due notti ho dormito su Daisy."

"Quindi ha preso in prestito dei soldi, ha ricevuto un avvertimento, ha ripagato il debito ma poi la roulotte è stata messa a soqquadro. Ha chiamato la polizia?" chiede Tank.

"Non ce n'è bisogno, tesoro. Gli uomini che sono venuti avevano un'energia molto cattiva. Si prenderà cura di loro il karma."

"Uomini? Ce n'era più di uno?"

"Sì, due" dice Sunny. "E sembravano interessati a te, Foxfire. Ecco perché ti ho chiamata per avvertirti." Sposta lo sguardo tra noi due. "C'è qualcosa che non va?"

"Torniamo a casa sua, signora Hines. Abbiamo alcune cose di cui parlare."

 oxfire

"Scusa" dico mentre siamo per strada, al seguito del furgoncino VW dai colori sgargianti che mia madre chiama Daisy. "Avrei dovuto avvisarti."

"È sempre stata così?"

"Quando avevo sedici anni ha incontrato il tipo che voleva portarmi al ballo della scuola, gli ha dato una scatola di preservativi e una candela a forma di dea della fertilità minoica."

Tank si irrigidisce. Scrollo le spalle. "Ormai ero abituata a lei. Crede fortemente nell'amore libero."

"Quindi tuo padre…"

"Erano anime gemelle." Imito il tono di voce leggero di Sunny. "Anime destinate a incontrarsi. Si sono conosciuti a un festival, penso."

"Quindi potrebbe essere lui il mutante."

"Già" dico sommessamente. Il donatore di sperma

anonimo di mia madre, alias Caro Vecchio Papà, mi ha donato più degli occhi grigi e della propensione a ustionarmi al sole.

All'interno della roulotte, io e Tank diamo una pulita mentre Sunny prepara del tè verde. I braccialetti tintinnano di continuo, fino a che le chiedo di levarseli.

"Tank preferisce il silenzio" spiego.

"Fa meditazione?"

"Sì" mento.

Il povero Tank non ha detto una parola.

"La maggior parte dei giorni fa voto di silenzio."

Lo sento sbuffare.

"Davvero?" dice Sunny sorpresa.

Annuisco. "L'ha spezzato per stare con me. Ho ricevuto il tuo messaggio in segreteria..."

"Sì, mi spiace amore. Ma ero rimasta proprio scossa."

"Ma certo." La abbraccio. La teiera fischia, ma restiamo abbracciate finché Tank non si schiarisce la gola.

"Giusto, il silenzio" mormora Sunny. Serve il tè nel servizio tradizionale giapponese, il che significa che ne abbiamo a grandi linee un dito a testa. Tank guarda il suo dubbiosamente e non lo tocca.

"Allora, Sunny, questi uomini..."

"Erano piuttosto rudi, tesoro. Ho avuto una brutta sensazione e me ne sono andata dalla roulotte subito dopo averci parlato. Sono tornata a prendere le mie cose e il posto..." Indica attorno a sé. La mia povera mamma tutta sola...

"Hai idea di chi fossero?"

"No, tesoro. Ho chiesto al signor Biggs e lui mi ha detto che la questione era sistemata. Deve esserci stato un errore. Era tutto molto strano."

"Ah" dice Tank. "Ma ha detto che hanno chiesto di Foxfire."

"Sì. Forse pensavano che avrebbe avuto i soldi, se non li avevo io."

"Mi scusi. Devo fare una chiamata." Con un cenno della testa a me, si alza e si allontana.

"Mamma, ti devo chiedere una cosa. Di papà."

"Tuo padre?"

"Sì. Come l'hai conosciuto?"

"Al festival di strada. Aveva una bancarella vicino alla mia. Chiacchieravamo piuttosto spesso e..." Scrolla le spalle.

"Ti ha detto niente? Di sé o della sua famiglia?"

"Solo che erano molto riservati. È cresciuto in una zona dello Utah. Mi è sembrato tutto molto segreto. Non erano molto accoglienti nei confronti degli estranei."

"Lui si..." Esito. Non so esattamente come dire *'Si trasformava in una volpe con la luna piena?'*.

Tank torna e mi si siede accanto.

"Signora Hines, sua figlia è molto speciale.

Sunny annuisce. "Oh sì, lo so."

"Ci chiedevamo quali tratti possa avere in comune col padre."

"Intendi l'energia selvatica?"

Sia io sia Tank drizziamo la schiena.

"Sì" dico lentamente.

"Di sicuro avete l'aura dello stesso colore. Una specie di rosso... dorato. Un'energia pulsante."

"Sì, vero."

Ci scambiamo un'occhiata. Non sa niente.

"Buffo. Ma insieme abbiamo passato i momenti più sfrenati."

Mi schiarisco la gola.

"Una volta stavamo facendo festa e lui è scomparso, e al suo posto... beh, al suo posto c'era il suo animale guida. All'inizio pensavo fosse un brutto trip. Ma tuo padre era in armonia, molto in armonia. Come mai tutte queste domande?"

Cerco di pensare al modo logico di dirglielo senza spiegarle che mi trasformo in volpe. "Voglio saperne di più. Recentemente io…"

Tank scuote la testa.

"Ehm, sto attraversando un risveglio spirituale. Sto trovando anche io il mio animale guida."

"Ah." Sunny annuisce.

"Signora Hines" ci interrompe Tank. "Dopo la sua chiamata, Foxfire era in pena per lei. Ho pensato che sarebbe stato meglio che ne sapesse di più sul padre."

"Voglio solo sapere se ho dei parenti da quella parte. Non so davvero niente di lui."

"Ma certo. È solo che non ti è mai interessato rimetterti in contatto con lui."

Sbatto le palpebre. "Pensavo che non volessi parlare di lui."

"Oh, ma figurati. Tuo padre era molto speciale. Sono contenta che le nostre energie si siano allineate per fare un figlio. No, ogni volta che tiravo fuori il discorso tu cambiavi argomento."

"Ci ha abbandonate" dico con voce roca. Ho la gola improvvisamente secca. Mando giù il mio tè e prendo la tazzina di Tank. Lui mi si avvicina e io intanto mi scolo anche quella.

"No. La sua natura sensibile non gli permetteva di vivere a lungo accanto alla gente. Tutta la sua famiglia era molto riservata. Lui è stato l'unico tanto coraggioso da avventurarsi fino al mercato. Il resto di loro vive in campagna. Prima di prendere un passaggio per il mercato, non era mai salito su un'auto. Ma era più moderno di tutti i suoi parenti messi insieme."

"Ti ha mai chiesto di me?"

"Gli ho mandato delle lettere e qualche foto. Lui mi ha sempre inviato dei soldi."

Estraggo la busta e la metto sul tavolo.

Sunny annuisce. "Amore mio, se avessi saputo che desideravi incontrarlo…"

Distolgo lo sguardo. "Ho cercato l'indirizzo. Appartiene a un certo Johnny Red."

Sunny annuisce. "Sì, è lui."

"È lui? Mio padre? È sempre stato a Moab?"

"No, amore. Si sposta parecchio. O almeno una volta faceva così."

"Ma ha una casella postale lì?" Moab. Nel niente. Ottimo per le volpi mutanti.

Sunny esita. "Tesoro, sei sicura…"

"Dimmi. Il mio padre biologico attualmente risiede ad appena sei ore da qui?"

Mia madre si morde il labbro e annuisce.

All'improvviso la roulotte, con l'odore di mia madre e degli oggetti della mia infanzia, è troppo stretta e soffocante da sopportare. "Ho bisogno di un momento" sussurro, ed esco. Tank si irrigidisce, ma mi lascia andare.

Fuori l'aria fresca è pungente, ma non importa. Cammino velocemente fino al limitare del bosco e mi fermo, mordendomi il labbro. Sunny non sa che sono una mutante. Forse nessuno lo sa. Per tutta la vita ho marciato al battito di un ritmo diverso. Ma ora sono veramente sola.

Sento fremere la pelle, come se potessi tramutarmi e correre. La vita è più semplice da volpe.

"Foxfire" mi chiama Tank. Non mi giro, neanche quando il suo calore mi avvolge.

Il vento aumenta. Mi stringo le braccia attorno al corpo, ma rifiuto di muovermi.

Tank sospira. Si porta accanto a me, tenendo gli occhi fissi sulla foresta. Vedo il suo profilo appannato con la coda dell'occhio.

"Anche mia madre se n'è andata" dice. "Quando avevo nove anni. Mio padre era un lupo, aveva una buona posizione nel branco, ma lei… era una solitaria."

Il vento soffia contro alla roulotte fischiando un po'. Non so se sia spaventoso o confortante.

"L'hai mai rivista? Dopo che se n'è andata?" La voce è debole.

"No." Tank si sposta e mi posa le mani sulle spalle. "Chiunque sia tuo padre, ti ha voluto bene. Ha sempre mandato dei soldi."

Ho le guance un po' umide. Mi porto le mani al viso per asciugarle. "Non gliene frega niente. Non è rimasto. Non mi ha insegnato chi sono. Non ho mai pensato…" Smetto di parlare perché, ovviamente, non ho mai pensato che mi sarebbe successo niente del genere. Ho vissuto ventisei anni da umana. Ho accettato le mie stranezze. Non avevo mai pensato di essere davvero stramba.

"Vieni qui." Tank mi stringe tra le sue braccia. È così grande che per un secondo sono completamente avvolta, nascosta al mondo.

"Fa male" sussurro contro al suo forte petto.

"Tesoro…"

"Avrebbe dovuto essere qui. Avrebbe dovuto aiutarmi." Mi asciugo gli occhi, irritata. Non mi è mai interessato di mio padre. Se n'è andato. Perché dovrei provare qualcosa per un uomo che ovviamente non provava niente per me?

"Non posso credere che non abbia tentato di mettersi in contatto con me, di dirmi che sono una volpe."

"Forse non era sicuro che lo fossi."

"Cosa intendi dire?"

"I figli di un mutante e di un umano non son sempre capaci di trasformarsi. Magari pensava che fosse meglio lasciarti stare, farti vivere una vita normale."

"Una vita normale? Cresciuta da Sunny?" Rido.

"Come umana, allora."

"Beh, grazie tante" mormoro, ma non mi spiace essere una volpe. Rifiuto di pentirmi della magica presenza del mio animale nella mia vita. Non è colpa sua se la mia vita è fottuta e i miei genitori sono fuori di testa.

Tank mi scruta, ma non c'è pietà nel suo sguardo. Solo una tenerezza che mi renderebbe più forte, se glielo permettessi.

Mi prende il viso tra le mani. "Cosa vuoi fare?"

Faccio un respiro profondo. "Voglio trovarlo."

"Ok" dice. E tanto basta a farmi sentire meglio. Ma non lo lascio andare. Tank è la mia roccia. Ho deciso. Mi terrò aggrappata a lui fino a che me lo consentirà.

~.~

Foxfire

"Ne sei sicura, tesoro?" Abbiamo passato gli ultimi minuti a informare Sunny dei nostri piani e a prepararci a partire. Tank mi tiene ancora tra le braccia. Ho avuto più bisogno di abbracci rassicuranti in questi ultimi giorni che in tutta la mia vita.

"Sì. La mia volpe… ha bisogno dei suoi simili."

Annuisce.

La porta della roulotte si apre di schianto, facendoci separare.

"Sarà così divertente" canticchia Sunny dal gradino davanti. Si sta tirando dietro una grossa sacca da viaggio.

"Beh?"

"In viaggio!" Batte le mani.

Alzo gli occhi al cielo. La mamma sa essere proprio ridicola. Ho decisamente preso da mio padre.

"Dove la volete questa?" Sunny solleva la sua borsa.

"No" dice Tank.

"Cosa?"

"Ehm, mamma" mi affretto a dire "non avevamo capito che volevi venire anche tu."

"Beh, certo che voglio venire, sciocchina. Come altro potresti riconoscere tuo padre?"

Guardo Tank, che si massaggia la fronte. "Non ho posto nel pick-up."

"Oh, posso stare dietro" dice Sunny agitando una mano.

Tank scuote la testa.

"Oppure potremmo prendere il furgoncino di Sunny," propongo. Ci giriamo tutti e tre a guardare Daisy. È un vecchio Volkswagen. Le parti non ancora arrugginite sono dipinte di viola, con delle margherite disegnate.

"Che idea meravigliosa!" cinguetta Sunny.

Tank serra la mandibola e chiude gli occhi.

CAPITOLO DIECI

 _oxfire_

PRIMA DI MEZZOGIORNO siamo in strada. Tank ha insistito per guidare, anche se è due volte più grande del sedile. Le sue mani sono enormi sul volante. Prima di partire, Sunny ha insistito per bruciare della salvia e del legno di cedro nel veicolo, per eliminare le energie negative in vista del viaggio. L'abitacolo sa di erbe bruciate e della vernice scrostata delle sue opere d'arte. Anche se Tank non dice una parola, sono sicura che è piuttosto vicino all'esaurimento. Si vede.

Decido di sedermi dietro con mia madre per fare da cuscinetto, da filtro.

"Ha un'energia proprio mascolina" mi dice Sunny in un sonoro sussurro. "Pensi che mi permetterà di dipingerlo?"

Mamma fa nudi. "No, non penso. È una persona molto riservata."

Sunny ci rimugina sopra.

"Io non glielo chiederei" aggiungo. "Diventa… scorbutico."

"Di certo hai un tuo modo di trattarlo."

Io? "Non lo so. È piuttosto autoritario." Soprattutto a letto. Non che mi lamenti.

"Mi piace" decide Sunny.

Lascio che Sunny mi legga la mano. È sempre stata una che fa i tarocchi, e la lettura del palmo per lei è una novità.

"Interessante, interessante. Avrai una vita lunga, tesoro, e un amore grande e vero. Qualche difficoltà strada facendo, ma alla fine si risolverà tutto." Lascia andare la mano e guarda Tank.

"Che ne dici di una lettura dei tarocchi?" chiedo, prima che gli prenda la mano. Conoscendola, non gliene fregherebbe un fico secco che sta guidando.

Con la richiesta guadagno un altro paio di minuti di silenzio, mentre Sunny scava nella sua grossa borsa a sacco alla ricerca del mazzo di carte che si porta sempre dietro. Stavolta non sono tarocchi tradizionali, ma carte di angeli.

"Farai un viaggio fantastico: non in distanza, ma in importanza."

"Ha senso" confermo.

"Affronterai un grosso nemico." Sunny si acciglia.

"Ho sempre voluto un avversario" dico con tono indifferente.

"Tesoro, qui si parla di una cosa molto seria."

"Oh, lo so. Temo per la mia vita ogni volta che vado al bagno. Serpenti del gabinetto."

"Cosa sono i serpenti del gabinetto?" chiede Sunny.

"Sono serpenti che vengono fuori dal water mentre ci stai seduta sopra, e ti mordono."

Sunny sussulta.

"Foxfire" dice Tank con voce roboante.

"Cosa c'è?" chiedo con tono innocente.

"Queste cose non esistono."

"Oh, lo so" dico. "Però ne ho paura lo stesso."

Piega le labbra.

"A proposito di serpenti del gabinetto…" dice Sunny.

Tank sospira e prende l'uscita successiva. Mentre io e la mamma smontiamo per andare al bagno, lui estrae il telefono. Mi affretto a fare quello che devo e lascio Sunny ad ammirare dei murales.

Tank è al telefono. Mi avvicino lentamente, lasciandogli spazio finché non ringrazia la persona con cui sta parlando e riaggancia.

Subito i suoi occhi si fermano su di me.

Gli faccio un cenno e salgo al suo fianco.

"Ho appena chiamato per chiedere un paio di favori" mi dice. "Ho domandato a della gente di controllare la zona dove abita tuo padre. Per quando raggiungeremo Moab, dovremmo saperne di più."

"Grazie."

"Non c'è di che."

"E Garrett?"

"Non l'ho sentito."

"Ancora? È sempre così difficile contattarlo?"

"No." Si massaggia la nuca. "Ho la sensazione… che stia succedendo qualcosa."

"Devi andare?"

"Prima sistemo questa cosa."

Un brivido mi percorre. Non dovrebbe. Non sta scegliendo me sul branco, non per sempre. Ma è comunque una bella sensazione.

"Grazie."

Mi prende il mento per un momento e mi scruta il volto.

Si sta accollando tantissime grane. Spero che ne valga la pena.

Spero di valerne la pena.

Ma anche se così fosse, non mi ha mica fatto promesse.

"Allora... a proposito di mia madre..."

Scuote la testa.

"Mi spiace davvero tanto" inizio a dire. "Non è cattiva."

Mi mette una mano dietro alla testa e mi tira verso la sua faccia, prendendo possesso della mia bocca. Il bacio è dominante, imperioso. Non riesco a decifrarne il significato. È un'altra punizione? Una promessa?

"Non ti scusare più, tesoro. Non puoi farci niente se tua madre è così. Nessuno di noi può."

La mia bocca si piega in un sorriso caustico. "Beh, mia madre pensa che tutti i bambini scelgano i loro genitori, dall'altra parte. Li scegliamo per delle lezioni che vogliamo imparare o qualcosa del genere."

Si acciglia, le saracinesche di nuovo calate sull'espressione. Starà pensando a sua madre. Quali lezioni – o cicatrici – gli ha lasciato?

"Pensi che sappia qualcosa? Cioè, nel profondo, dico. Mi ha chiamata Foxfire."

"Non lo so, tesoro." Mi appoggia una mano sulla nuca e la massaggia un poco. Non mi ero resa conto di quanto fossi tesa. "Non posso sapere cosa succede nella sua testa."

"Ti dico questo. È una persona socievole. Non ha mai incontrato nessuno che non le piacesse." Sunny è a un tavolino da picnic con un gruppo di turisti. Ha estratto il suo libro di astrologia e gli sta facendo l'oroscopo.

"Andate d'accordo te e tuo papà?"

"Sì. Siamo stati da soli per qualche anno, prima di trovare il branco del padre di Garrett."

"Dev'essere stata dura."

"Non ha mai davvero superato ciò che mia madre gli ha fatto."

"Il fatto che se ne sia andata?"

"Non solo quello. Quando se n'è andata, ha rubato dal branco. Soldi. Ogni branco ha una cassa comune dove tutti versano una somma, in caso di emergenze, per pagare una casa rifugio, questo genere di cose. È una piccola percentuale, ma tutti contribuiscono. Quando se n'è andata, mia mamma si è portata via almeno cinquemila dollari."

"Wow."

"Già. Ma non è il peggio. Mio padre era il secondo del branco. Si occupava delle finanze. Per quello lei vi aveva accesso. Quindi, quando se n'è andata…"

"Gli hanno dato la colpa."

"Siamo caduti in disgrazia. Mio padre è passato da vice a una posizione fortemente a rischio. Tutti volevano dargli contro. Aveva paura per me, quindi ce ne siamo andati e abbiamo girovagato per un po', finché non abbiamo trovato un altro branco. Un buon branco a Phoenix, cappeggiato dal padre di Garrett. Ci hanno accolti, ma papà non si è mai ripreso."

Un nuovo mutante non ha rango, mi aveva spiegato Tank.

"Tuo padre non ha dovuto combattere per avere di nuovo il comando?"

"Il branco che abbiamo trovato non l'ha fatto combattere per avere il posto. Ma papà non ha tentato di stabilire il comando. Si è preso un rango inferiore e non si è curato di combattere. Come se non gliene fregasse più niente." Tank si massaggia la fronte. "Comunque… è stato tanto tempo fa."

"Genitori." Scuoto la testa. "Non puoi vivere con loro, non puoi vivere senza di loro."

"La famiglia non si può sostituire" dice Tank sottovoce.

Il dolore mi esplode dentro.

"Com'è stato vivere da solo con tuo padre?"

"Stressante. La maggior parte dei lupi solitari sono degli emarginati. I branchi cercano di scacciarli dai loro territori. Avevo solo nove anni, ma mio padre si è assicurato di insegnarmi a tramutarmi, per combattere. Anche se abbiamo trovato un branco decente in cui entrare, sapeva che avrei dovuto essere forte per poter combattere e mantenere la mia posizione. Conoscere le regole, quel genere di cose."

"Questo spiega tante cose."

"Che cosa?"

"Sei… attentissimo alle regole."

"Le regole sono importanti."

"Anche divertirsi."

"Le regole tengono al sicuro i componenti del branco. I lupi che non le seguono vengono messi al bando."

Inspiro con forza. È di questo che ha paura, per me? Che entri nel branco e venga cacciata via a calci per la mia favolosa *volpaggine*?

"Sono sicura che sei un perfetto componente del branco" mormoro. "Un pilastro della società."

"Non lo ero quando ci sono entrato."

"Ma dai." Tiro su con il naso. "Non hai mai compiuto un passo falso in vita tua. Io non faccio altro."

"Sì, tu lo fai apposta."

"Cosa intendi dire?" Sento una tensione nel petto. Non so bene dove voglia andare a parare.

Mi prende una ciocca di capelli. "Questi gridano *Guardatemi*. Ma non è quello che voi, no?" Continua a giocherellare con i capelli. "In natura, i colori sgargianti possono significare veleno. Tu ti tingi i capelli in maniera così folle per dire *State alla larga. Sono stramba*."

"Beh, lo sono."

"No, non è vero."

Scrollo le spalle. "La gente pensa che lo sia. Tanto vale che li incoraggi."

"Tu respingi la gente."

"Ah certo, perché tu invece sei emotivamente disponibilissimo! *Piacere, sono Tank*." Imito la sua voce profonda e il suo sguardo solenne. "*Mangio camion a colazione. Come? No, non son un lupo mannaro. Se lo dici un'altra volta, ti punisco.*" Alla fine rido.

Tank scuote la testa.

"Ti conosco" dico con tono canzonatorio. "Non puoi nasconderti ai miei occhi."

"Neanche tu devi nasconderti ai miei" mi dice. Prima che possa chiedergli cosa intende dire, esclama "Sunny! Andiamo."

 *oxfire*

PRIMA DI SERA prendiamo un albergo. Due stanze. Una con un matrimoniale king size e l'altra con due letti. Prendo la mia roba e seguo Sunny.

"Ho visto un mercatino adorabile mentre venivamo qui" mi dice, mentre entriamo nella doppia. "Mi sa che avevo una bancarella lì negli anni Ottanta. Dovremmo andare a darci un'occhiata. Pensi che Tank ci lascerebbe?"

"Penso che Tank abbia bisogno del suo spazio." Metto giù la borsa. "A dire il vero, speravo di poterti parlare. Perché non mi hai mai raccontato di papà?"

"Non hai mai voluto sapere."

"Ma... sono come lui. Da molti punti di vista."

"Lo so, tesoro. Ma Johnny era uno spirito libero. Vorrebbe sicuramente vederti seguire la tua strada."

"Lo so. Devo farlo. Voglio solo sapere di non essere

l'unica fatta così. Voglio essere parte di qualcosa. Di una famiglia."

"Lo sei, Foxfire. Hai me e quel fustacchione che probabilmente adesso vorrebbe averti nella sua camera da letto."

"Tank pensa che sia pazza."

Sunny sorride.

"È così diverso da me, mamma. È strano. Eppure..." Funziona. Almeno mi pare. Mi ha aiutato tantissimo.

"Mi piace."

"Ne sono contenta." Faccio in modo che non veda che alzo gli occhi al cielo mentre mi abbraccia.

"Sono proprio contenta che abbiamo fatto questa chiacchierata." E detto questo, va in bagno.

Forse mia madre ha ragione. Noi siamo una famiglia, una comunità. Magari mio padre conoscerà qualche altra volpe, o Tank potrà provarci con me. In ogni caso, ho mia madre. Forse dovrei passare più tempo con lei.

La porta del bagno si apre. Sunny ne viene fuori, i capelli biondi e rosa che le svolazzano attorno alle spalle. È completamente nuda. "È ora dello yoga" cinguetta.

"Ehm, ti sei dimenticata i vestiti."

"Faccio sempre il saluto al sole nuda." Apre le finestre perché la luce inondi la stanza, poi mette il tappetino per terra. "Dopotutto, quando salutiamo il sole i raggi bruciano tutti gli artifizi..."

"Io intanto, ehm... vado a controllare cos'ha scoperto l'amico di Tank su Johnny."

Vado veloce verso la porta. L'obiettivo è uscire di qui prima che faccia il cane a faccia in giù.

La stanza di Tank è qualche porta più in là. Pregando che non si raduni una folla a guardare mia madre che fa i suoi *asana* tutta nuda, busso alla porta.

"È aperto" dice Tank.

"Come facevi a sapere che ero io?"

Entro. Molto più buio qui. Probabilmente Tank non è tipo da saluto al sole. Quando gli occhi si abituano al buio, mi accorgo che è su una sedia: il suo corpo enorme ci sta appena. Si è tolto la maglietta e ha i capelli umidi, come appena lavati. Goccioline d'acqua sul petto sodo.

"Sento il tuo odore." Ha in mano un sacchetto di carta e se lo porta alle labbra. Dev'essere uscito per comprare una bottiglia di qualcosa.

"Puoi offrirmene un goccio?"

Me lo porge.

"Mia madre sta facendo la sua versione personale di yoga sexy. Yoga sexy nuda. Ha anche aperto le tende."

Tank fa una smorfia.

"Già" confermo, e sollevo la bottiglia per prendere un sorso. Quando il liquido mi arriva in gola, tossisco un poco. Faccio per sollevarla di nuovo, ma lui me la leva e mi tira a sé, facendomi sedere in grembo.

Mi accoccolo a lui. Appoggia il mento sulla mia testa.

"Qualche informazione su dove possa trovarsi mio padre?"

Scuote la testa e la mia si muove con la sua.

"Grazie ancora di tutto. Sono in debito con te."

Mi massaggia la schiena, facendo scivolare la mano sotto alla maglietta per giocherellare con il gancio del reggiseno. Sento il suo sesso crescermi contro alla gamba.

"Ti stai prendendo cura di me. È ora che io mi prenda cura di te." Mi lascio scivolare in ginocchio tra le sue gambe.

Mi permette di tirargli giù i jeans e prenderglielo in bocca. Inalo il suo odore, mandandolo giù, facendo piccoli gemiti di piacere, soprattutto quando mi infila le dita nella maglietta e mi stringe i seni. Vado su e giù sulla sua verga, soffocandomi un poco. Torno su ansimando.

Mi ferma prima che possa ricominciare.

Gli metto le braccia attorno al collo e lui tuffa la mano nei miei jeans.

"Cazzo" mormora, come in una preghiera, quando le dita mi toccano le pieghe umide. "Ancora niente mutandine? Cattiva." Trova il mio punto più sensibile e inizia ad accarezzarlo.

Mi metto in punta di piedi. In men che non si dica gli sto ansimando contro al petto muscoloso. Gli lecco il collo, sento sapore di sale. Con la mano trovo il suo sesso e inizio a sfregarlo su e giù. Ma non serve. Gli farò un pompino.

Qualcuno bussa alla porta.

"Amore! Che programmi hai per cena?"

Registro a malapena le parole fino a che non mi leva la mano dai pantaloni.

"Ehm, dacci un secondo, Sunny" le rispondo. "Siamo nudi."

Tank sbuffa incredulo.

"Va bene, tesoro! Intanto vado giù da sola. Assicurati di usare le protezioni!"

Tank sospira.

Rido. "Andiamo." Lo tiro su. "Facciamoci una doccia insieme."

~.~

Tank

. . .

Avvolgo un asciugamano attorno a Foxfire e la faccio uscire dalla cabina. È arrossata e frastornata dalla forte scopata contro alla parete della doccia. Non sono sicuro che le gambe la sorreggano, quindi la accompagno fino al letto e la faccio stendere.

Stare con lei sta diventando più facile e al contempo più difficile. Ho appena usato ogni grammo di autocontrollo per stare con lei nuda, per scoparla senza marchiarla. Per tutto il tempo passato dentro alla cabina della doccia, ho avuto le zanne fuori, pronte a perforarle la pelle, a lasciarle addosso il mio odore, così che ogni altro maschio senta che mi appartiene. E invece me la sono presa con la sua fica. L'ho sbattuta fino a farla gridare tanto da arrochirla. E ho già voglia del secondo round di quelle meravigliose gambe strette attorno alla vita, di quelle unghie che mi si piantano nella schiena.

"Cosa ordiniamo per cena?"

"Ho già mangiato."

Mi dà una spinta, ridendo.

"Ordina quello che ti pare." Le porgo un menù del servizio in camera.

"Sicuro?"

"Sì, tesoro." Mi stendo e mi metto le braccia dietro alla testa, godendomi la vista del suo asciugamano che si apre, dei capezzoli inturgiditi dalla doccia delle cinque. Sembra così felice che non me ne frega niente quando ordina una cena da cinquanta dollari e se la spazzola tutta. Blatera continuamente di tutto e di niente, e non mi interessa. Potrei stare qui a guardarla per il resto della vita.

Il telefono vibra e rispondo senza controllare chi è.

"Figliolo?"

"Sì, signore." Drizzo la schiena come se mio padre potesse vedermi, anche se è a qualche centinaio di chilometri da qui, a Phoenix. Quando eravamo lupi solitari insieme, conduceva la nostra unità di due persone come un branco, in modo che mi abituassi a seguire un alfa. Tecnicamente ora sono più dominante di lui, ma le vecchie abitudini sono dure a morire.

"Volevo solo sentirti, controllare che fosse tutto a posto. Il mio alfa ha sentito di un'umana di nome Amber. Dice che Garrett è nei guai."

Cazzo. "Non ne sono sicuro. L'ultima volta che l'ho sentito, Garrett stava andando in Messico." Esito. Non sono sicuro di quanto Garrett voglia far sapere agli altri branchi. Il padre di Garrett è l'alfa di mio padre.

"A cercare Sedona. È questo che ha detto Amber."

"Giusto." Mi stringo l'attaccatura del naso, vicino agli occhi. "Senti, chiama Trey o Jared, ma se non rispondono sarà meglio che vai lì. Io non sono riuscito a rintracciarli."

"Il mio alfa è già partito. Volevo solo vedere dov'eri tu in tutto questo casino."

"Sto facendo un altro lavoro."

"Tank, hai visto il mio reggiseno da qualche parte?" grida Foxfire dal bagno. "Non riesco a trovarlo."

Cazzo. Tengo il telefono contro alla maglietta ed esco dalla camera. "Garrett mi ha ordinato di stare dietro a una randagia. Altrimenti sarei già lì."

"Va… bene, figliolo" dice mio padre.

Sussulto sotto il peso della disapprovazione. "È solo un lavoro. Dovrei riuscire a sistemare le cose a breve. Stavo aspettando di sentire Garrett, ma se la situazione è tanto brutta…"

"No, no, devi eseguire gli ordini."

"Voglio andare."

"Sei il vice del branco. Il tuo alfa si fida di te. Non fare nulla che metta a rischio la cosa." *Soprattutto non per una femmina.* Tanto vale che lo dica a voce alta.

"Sì, signore."

Riaggancia, e per un secondo mi chiedo se non dovrei fare i bagagli e mettermi in viaggio per il Messico.

"Tutto bene?" cinguetta Foxfire. È sulla soglia della porta aperta della camera, con indosso un paio di jeans aderenti e una maglietta stretta, la testa inclinata di lato.

"Sì, tesoro."

"Sembra che tu abbia ricevuto brutte notizie."

Dovrei dirle quello che sta succedendo con il branco? Vorrà saperlo, soprattutto dato che sembra che sia coinvolta Amber.

"Posso tirarti su il morale io, omaccione." Si avvicina e mi abbraccia.

"No." La scanso. Foxfire resta impietrita. Farà anche finta di essere ignara di tutto, ma è davvero sensibilissima nei confronti del mio umore, e questo mi fa sentire ancora più bastardo. "Faccende del branco. Devo fare un paio di telefonate. Perché non vai a trovare tua madre?"

Il sorriso di Foxfire è forzato, l'odore un mix confuso. Donne. Complicatissime. E adesso anche i miei sentimenti sono complicati. Mio padre ha ragione.

"Senti" riprovo. "Ci sono un po' di persone del branco nei guai. Non intendo…"

"No, va bene." Prende una chiave della stanza e se la mette in tasca. "Vado. Sunny voleva andare a visitare il mercatino. Vado a vedere a che ora apre domani: sarà una buona distrazione per lei mentre noi cerchiamo Johnny."

"Ok. Grazie, piccola."

Qualche altra chiamata e metto in moto i più forti del branco di Garrett perché seguano suo padre in Messico. Se non posso andarci personalmente, almeno l'aiuto.

~.~

Foxfire

MI STA ALLONTANANDO. Non che avessi motivo di stargli *vicino*. L'ha chiarito benissimo da subito: non sono parte del branco. Non che me ne freghi.

Girovago per la zona mercato vuota, annusando qua e là nel tentativo non proprio concentrato di trovare Sunny. Mi arriva una zaffata di qualcosa di familiare, ma non riesco a dargli una chiara collocazione. La luna sorge e torno indietro, a passi lenti nel caso in cui Tank stia ancora parlando con il branco. Non vuole che entri a far parte del suo mondo.

Forse il mio destino è essere sola, solo io e la mia volpe. Mi fermo in un vicolo deserto e cerco di tramutarmi. Ma non ci riesco. Neanche se fisso la luna piena.

Ottimo. Adesso anche la volpe mi ha abbandonata.

Tornata alla stanza d'hotel busso, ma non c'è nessuno. Tank dev'essere uscito per una commissione. Tengo su la giacca ed esco sul balcone, appoggiandomi alla ringhiera, sotto la luce della luna.

E se anche fossi sola? Tanto ci sono abituata. Ma la mia volpe vuole stare con dei mutanti. Posso sopportare un gruppo che non mi vuole, ma questa è la prima volta che desidero fare parte di qualcosa. Che sensazione odiosa.

Stupida volpe. Perché non potevo essere un lupo?

"Foxfire?"

"Sono qui" rispondo.

Arriva e mi abbraccia in silenzio. Non mi dice cosa c'è che non va, ma mi tiene stretta come se avesse bisogno di me.

"Tutto bene?"

Sbuffa una non-risposta.

"Sai che con me ci puoi parlare."

Si china su di me e posa le labbra sulle mie. Il bacio è lungo, profondo, e sembra chiedermi scusa per qualcosa. Vorrei sapere cosa.

"Luna piena stanotte" mormoro.

"No, tesoro, era ieri notte."

Mi giro fra le sue braccia mentre mi stringe.

"Pensi che sarò mai capace di tramutarmi da sola?"

"Certo. Hai solo bisogno di esercizio."

"No." La mia voce vacilla. "Non so se ne sono capace."

"Provaci." Mi riporta in camera.

"Ok." Mi levo i vestiti e faccio un respiro profondo, chiedendo al mio corpo di trasformarsi.

"Rilassati, piccola. È una cosa naturale. Lasciala uscire e basta."

Stavolta, quando faccio un respiro profondo, il mondo cambia immediatamente. Cado a quattro zampe e guaisco guardando Tank.

"Bene così, tesoro." Ringhia la sua approvazione. Il suo odore è il paradiso, forte e sicuro. Ma ce n'è un altro che mi pizzica il naso. Trotterello fino al balcone e guaisco perché mi segua.

"No, Foxfire." Viene verso di me. "Dovresti restare dentro."

Prima che mi possa raggiungere, corro fuori dalla porta e salto dal balcone.

~.~

Tank

. . .

FOXFIRE SCOMPARE OLTRE il bordo del terrazzo. La coda bianca ondeggia mentre corre su per la salita e svanisce tra gli alberi.

"Accidenti." Getto a terra i vestiti e chiamo il mio lupo. Il mondo si inclina mentre mi tramuto. Non appena sono a quattro zampe, mi lancio alla rincorsa. La sua scia è rossa e incandescente, facile da seguire.

Mi tengo nell'ombra mentre mi conduce nel cuore della città. La gente potrebbe anche non notare una piccola volpe, ma un grosso lupo non può passare inosservato. Per fortuna non ci sono macchine. Abbasso la testa e sfreccio sul cemento, sperando che nessuno voglia una pelliccia di lupo davanti al caminetto. I proiettili normali non possono uccidere un lupo mannaro, ma fanno comunque male.

Maledizione a te, volpacchiotta. Ho il cuore in gola al pensiero di tutte le cose che potrebbero andare per il verso sbagliato qua fuori, mostrando i nostri animali in pubblico. Qualcuno sta cercando Foxfire e ci troviamo in una cittadina dove potrebbero esserci dei mutanti. Non è sicuro scorrazzare in giro sotto forma di volpe.

Mi conduce al mercato, abbandonato alla notte. Quando la raggiungo, sta annusando attorno a una delle bancarelle.

Le abbaio addosso. Si accuccia automaticamente, abbassando la testa. La sua volpe conosce la sottomissione, anche se la mia bellissima ragazza a volte si oppone.

Trotterello verso di lei e l'odore mi colpisce le narici, circondandomi. Volpe. E non Foxfire. Un altro mutante. Un mutante volpe è stato qui, in questa bancarella.

Foxfire mi guarda, le orecchie dritte e la coda che ondeggia.

Visto? sembra dire.

Muovo la testa di scatto in direzione dell'hotel. *Torna indietro.* Non protesta. Corriamo indietro insieme, il mio corpo più grosso che tiene in ombra il suo più minuto. Due animali potrebbero attirare attenzioni, ma mai quanto due umani nudi. Per fortuna c'è una collinetta sotto alla nostra stanza al primo piano, e sul terrazzo non c'è nessuno. Con un salto raggiungo la ringhiera e la salto. Mi giro e aspetto che la piccola volpe mi segua. Il suo salto non è alto quanto il mio, e la afferro per la collottola. La porto dentro così e la metto giù, lanciandole un'altra occhiataccia.

Non ha la minima paura di me. Certo che no, dice il mio lupo. È la nostra compagna. Mi tramuto per primo, sbuffando per la forza e la velocità della trasformazione. Vado subito alla porta della terrazza e la chiudo.

"Tramutati, Foxfire. Adesso."

Lei lo fa e si accoccola per un po', rabbrividendo. La mutazione è ancora difficile per lei. "Hai sentito?" dice, non appena riesce a riprendere fiato. "C'è qualcuno come me. Un'altra volpe."

"Sì, tesoro. Sei stata brava." Mi inginocchio per versarle dell'acqua in bocca, tenendo la bottiglia fino a che non riesce a sedersi. Non ci mette tanto come l'ultima volta. Si sta facendo più forte. Il mio lupo approva.

"Abbiamo altra carne?" chiede.

Tiro fuori dal mini-frigorifero l'ultimo avanzo del servizio in camera, mi siedo sul letto e le faccio segno di venirsi a sedere sulle mie gambe. Mi si accoccola in braccio e la nutro. È un'azione semplice, ma il mio lupo è profondamente soddisfatto. Quando ha finito, le faccio bere il resto dell'acqua. La tengo abbracciata per tutto il tempo. È perfetta tra le mie braccia, come se fosse fatta su misura per me.

"Ti senti meglio?"

"Sì. Domani possiamo rintracciare il mutante, vero?"

"Sì. Ma lo facciamo a modo mio. Meno probabilità di prendersi dei pallettoni nel culo." Tono severo.

Si dimena, come se essere nei guai la eccitasse. "Sì."

Le metto una mano sulla gola, senza applicare la minima pressione. "Sai cosa succede alle volpi cattive?"

"Vengono punite?" Il suo battito mi martella contro al palmo della mano. Nessuna paura nell'odore. Solo attesa. Ed eccitazione.

Le infilo una mano tra le gambe e le accarezzo il clitoride con il polpastrello del medio. Lei tira indietro la testa, inarcando la schiena e porgendo i seni alla mia bocca. Che reattiva, cazzo.

Non ho mai trovato un'altra femmina – umana o mutante – con un corpo che si faccia tanto chiaramente mio, a comando. Foxfire, la pazza ragazzina hippie, si trasforma in una vera e propria pornostar ogni volta che la tocco. Pronta e desiderosa di prendere tutto quello che ho da darle, indipendentemente da quanto possa essere rude. Desiderosa di obbedire, anche. Non ho mai avuto una femmina cosa generosa con la bocca nei confronti del mio uccello.

"Mettiti a carponi, bellezza" le ordino.

Obbedisce prontamente, ondeggiandomi quel bellissimo culo in faccia. Mi alzo accanto al letto e le sistemo le anche verso di me, assestando subito uno schiaffo deciso su una natica.

"Era questo che volevi?" Stringo la natica nuda e le do un altro schiaffone.

"Sì." Il fiato le esce di bocca in un soffio.

"Sicura?"

"Sì, ti prego" sussurra, quasi implorante.

Quasi non riconosco il ringhio che mi sale dalla gola. Le infilo le dita tra le gambe e le accarezzo di nuovo le pieghe umide. "Sei bagnata."

"Beh, sì. Sei nudo."

"Volpacchiotta cattiva." Con la mano le sculaccio il sedere e le strofino ancora il clitoride.

"Sì." Si muove mentre stuzzico il suo punto più sensibile. Stringe le coperte tra le dita.

La tengo al limite, alternando leggere sculacciate a carezze sul clitoride, finché non la sento gemere di bisogno. Voglio affondarle dentro, scoparla fino a domani, ma il mio lupo è subito sotto la superficie. La luna piena è stata ieri, quindi l'urgenza di marchiarla non dovrebbe più essere forte. E invece lo è.

La prendo per le anche e la faccio ruotare in modo che sia rivolta verso di me. "Succhiamelo" ordino con voce rude, perché ho bisogno di sollievo o farò qualcosa di cui poi mi pentirò.

Schiude le sue labbra sexy e mi prende l'uccello con quella bocca così eccitante. "Così, bellezza."

Va subito fino in fondo, cercando di prenderlo tutto. Mi fa impazzire.

Impreco.

Si stacca e mi mordicchia una coscia, i denti affilati come quelli di una volpe. Anche il suo animale è vicino.

Ringhio; il mio lupo è desideroso di marchiarla, di dominare la mia piccola volpe e farle vedere chi di noi è capace di mordere.

Si mette in ginocchio e si lecca le labbra lucide. "Ops, scusa." La sua finta innocenza è troppo per il mio autocontrollo. Per trattenermi dal prenderla, la spingo giù con una mano sulla nuca e le assesto uno schiaffo sul sedere scodinzolante.

Lei si dimena, ma non per scappare. "Colpiscimi, Tank. Più forte."

Oh, cazzo, no. L'ha detto davvero?

153

Le scaldo il culo, sculacciando con forza, adorando quel suo agitarsi sul letto, i piccoli sbuffi e gemiti che emette.

Quando la tasto ancora in mezzo alle gambe, gemo. "Cazzo, bambola, sei fradicia."

"Tank" grida, mentre l'orgasmo la pervade. Stringe le gambe attorno alle mie dita. Gliene infilo tre nella fica e spingo, mentre i suoi muscoli si contraggono e spasimano.

Mi sdraio accanto a lei e la prendo tra le braccia, cercando di rallentare il respiro, di trattenere il lupo.

Rotola contro di me, schiacciandosi contro al mio petto. Mi strofina il naso sulla pelle e inspiro il suo odore inebriante.

Mi lecca il collo, ma non penso ne sia consapevole. La sua volpe è ancora vicina alla superficie. Dopo un momento, solleva la testa.

"Scusa."

"Va tutto bene, tesoro. Fai quello che vuoi."

Esplora il mio corpo, seguendo le curve dei muscoli, trovando ogni piccola cicatrice dove sono stato colpito dai denti o dalle unghie di un altro lupo quando ero un ragazzino e non avevo abbastanza da mangiare, quindi il mio corpo non guariva del tutto.

Scorre con la lingua sopra a un capezzolo e mi fa rabbrividire. Mi bacia il petto e scende, mettendosi in ginocchio in mezzo alle mie cosce.

Ho il cazzo gonfio ma dico: "Pensi di meritartelo?"

Annuisce.

La afferro per i capelli e le tiro su la testa in modo che mi guardi. "Farai la brava?"

"Forse. Può darsi."

"Cazzo" sussurro. Questa ragazza mi fa diventare matto.

Faccio scorrere le dita tra i suoi capelli, guardando l'arcobaleno di colori che ricade in onde mentre lei tira in dentro le guance e succhia.

La vista inizia a farsi fissa, fatico a impedire alle anche di spingere con più forza nella sua bocca. Non voglio strozzarla, almeno questo è quello che dico a me stesso quando la tiro su e la metto carponi, posizionandomi dietro di lei.

Ricordo addirittura di mettermi un preservativo, il che è una specie di miracolo.

Lei mi aspetta, la fica bagnata e pronta, le cosce che tremano per il desiderio. Scivolo dentro.

Non sono un chiacchierone, ma mi esplodono nella testa un sacco di parole. Quelle che le sto dimostrando a ogni colpo: *Ti possiedo. Sei mia.*

Le sbatto dentro. Lei preme il petto contro al letto e spinge verso di me, venendomi incontro, accogliendomi. La tengo giù e continuo a martellare il suo culo arrossato.

"Sì, Tank, sì!" I suoi muscoli si avvinghiano al mio membro.

La ruoto, mi metto le sue gambe sulle spalle e spingo fino in fondo.

"Oh, sto per…"

"Prendilo, bellezza." Le stringo il sedere.

Un grido le esce di bocca non appena raggiunge l'orgasmo.

Perdo la testa nel momento in cui la sento godere. Ogni centimetro, ogni arto, ogni cellula vibra di piacere incandescente.

"Cazzo." Cado sopra di lei, col peso sostenuto dalle braccia ma il corpo che copre il suo.

Le infilo il viso tra collo e spalle. I miei denti le graffiano la pelle e lei rabbrividisce, sempre persa nell'estasi.

Le martello dentro, accecato dal desiderio. Mi si stringono le palle, le cosce si irrigidiscono. I colpi diventano irregolari.

"Cazzo, sì, Foxfire!" Grido mentre vengo. E quando mi lascio andare, mordo. Forte.

Tanto forte da lacerarle la pelle. Un marchio.

L'ho marchiata, cazzo.

oxfire

MI SVEGLIO di soprassalto alle prime luci dell'alba. Tank è accasciato accanto a me, e lo lascio dormire. Probabilmente ha bisogno di una pausa, poverino.

La mia volpe è ansiosa di mettersi a caccia.

Mi do una controllata allo specchio prima di uscire. Sì, chiaramente Tank mi ha morso. È più profondo di quanto non pensassi all'inizio. Mi ha lacerato pelle e tutto, ma è già quasi guarito. Tiro indietro i capelli per ammirare il morso e poi sistemo i riccioli colorati sopra ai segni dei denti per nasconderli.

Uscendo, mi fermo alla camera di mia madre e premo l'orecchio contro alla porta. Provo ad annusare, ma sento solo odore di moquette e detergente per pavimenti. La mia volpe è impaziente, quindi mi affretto a raggiungere il mercato. È presto e la maggior parte delle bancarelle non sono ancora pronte. Con mia sorpresa ci trovo Sunny, con in mano un bicchiere di carta. Tè, a giudicare dall'odore. Il mio naso sta migliorando.

"Amore! Ti sei divertita stanotte?"

"Sì. È stato folle" rispondo, in maniera piuttosto veritiera. Non ho controllato prima di uscire, ma mi sa che i maneggi di ieri notte hanno rotto anche questo letto.

"Bene." È raggiante. "Ti sei alzata presto."

"Uh, sì. Voglio vedere una bancarella. Dove hai preso quello?" chiedo, indicando il bicchiere.

"Al bar. Ne vuoi uno?"

"Sì, se non ti dispiace. Volevo dare un'annusata... ehm, un'occhiata ad alcune di queste bancarelle." Le porgo dei soldi e proseguo.

La bancarella che mi interessa è già pronta; il tavolo esibisce diversi prodotti. Oggetti in legno intagliato. Coperte fatte a mano. Barattoli di miele. Quel genere di cose.

Poi la volpe appare. Indossa una gonna lunga in jeans e una camicetta a fiori, abiti fatti a mano a quel che vedo.

Non appena mi avvicino, si irrigidisce.

"Ehi" saluto, mantenendo la distanza. "Posso parlarti?"

Dilata le narici. Ha sentito il mio odore.

"Sono venuta solo per parlare." Allargo le braccia.

Mi avvicino e prendo un vasetto di miele, facendo finta di osservarlo. L'etichetta dice *Miele della Fattoria Rossa*.

"Va bene" mi risponde sottovoce. "Ma tra un secondo devo andare."

La osservo. Secondo Tank ci sono pochi mutanti volpe. Possibile che siamo parenti? "Sto cercando informazioni su... una persona che conosceva mia mamma." Indico Sunny, che sta chiacchierando con qualcuno fuori dal bar. "Anche lei vende ai mercatini, e aveva la bancarella vicino a uno. Si chiamava Johnny."

Sgrana gli occhi. "Mi spiace. Non posso dirti niente."

La fisso.

"Non ne so niente." Si guarda attorno nervosamente, come se si aspettasse che qualcuno saltasse fuori per aggredirla. "Devo andare." Fa il giro della bancarella, velocissima, e monta in sella a una bici che tira fuori da sotto il tavolo.

"Ehi, aspetta" dico. "Per favore. Johnny è mio padre."

Si ferma. Per un momento penso che mi parlerà.

"Foxfire." La voce di Tank riecheggia nel mercato.

La donna sbianca in volto. "Un lupo" dice, solo con il movimento delle labbra.

"No, ti prego" la chiamo, mentre guardo il mio unico legame con mio padre allontanarsi veloce, come scappando da un incendio.

"Chi era quella?" chiede Tank, ora dietro di me. Mi giro, e lui deve vedere la disperazione sul mio volto. "Era lei?" Annuisco e mi prende la mano. "Andiamo." Lascio che mi trascini fino al parcheggio dell'hotel. "È in bicicletta" mi dice mentre saliamo su Daisy. "Se viene spesso da queste parti, la posso rintracciare."

Ci immettiamo nel traffico giusto in tempo per vedere Sunny attraversare la strada verso di noi, con due bicchieri di carta in mano.

~.~

"C'È SOLO una strada che può aver preso" dice Tank dopo che gli ho indicato la direzione seguita dalla volpe mutante. Abbiamo lasciato Sunny al mercato dicendole che saremmo tornati subito.

Viaggiamo in un teso silenzio, lasciandoci presto tutti gli

edifici alle spalle, sostituiti da pieno deserto. Quando siamo fuori dalla città, Tank accosta. "Adesso vado a quattro zampe. Seguimi con la macchina. Se qualcuno mi vede e fa domande, di' che sono un cane lupo incrociato con un cane di montagna europeo, e fischia per chiamarmi. Quando tu mi chiami, io arrivo."

Il pensiero di Tank che si comporta da animale domestico non mi fa neanche sorridere.

Tank si accuccia dietro per togliersi i vestiti. Nel giro di due minuti un grosso lupo salta fuori dal furgoncino e trotta lungo la strada.

Stringo il volante e lo seguo lentamente.

La volpe mutante sembrava spaventatissima. È davvero una dei miei? Cosa sa di mio padre? Tutte le volpi mutanti sono così schive?

Passa qualche macchina, ma non si ferma nessuno. Tank mi guida fino a un piccolo incrocio e scompare per un momento dietro a delle rocce. Poi fa capolino con la testa e abbaia. Spengo il furgone, prendo la sua roba e lo chiudo.

Tank riemerge con sembianze umane e si veste. "La pista procede da questa parte. Sicura di volerlo fare? Possiamo sempre tornare in città e aspettare di sentire cosa riesce a tirare fuori il mio contatto su tuo padre."

"No" dico, ricordando il volto della donna al mercato quando le ho detto il nome di Johnny. Lo conosce. Si è solo spaventata. "Questa è la pista più fresca che abbiamo. Su."

Proseguiamo a piedi. Le rocce arancioni e rossicce sono perfette perché una volpe possa mimetizzarsi.

"Appena ha sentito che eri un lupo, è scappata" commento. "Pensi che sia una solitaria?"

"Ho sentito dire che i mutanti più deboli tendono a stare insieme. Sono riservati, e l'unione fa la forza. Però non conosco nessuna volpe. Forse perché non ce ne sono tante, o magari perché non si fanno vedere tanto in giro."

"O magari perché non vogliamo che un lupo puzzolente entri nel nostro territorio." Una voce risuona e io mi fermo, cercando da dove è venuta. Un grosso mucchio di rocce rosse ci blocca il cammino, ma non si vede nessuno. Faccio per proseguire, ma Tank tende una mano per fermarmi.

"Levale le mani di dosso, lupo" ringhia qualcuno. Da dietro le rocce appaiono una quindicina di uomini. Altri emergono dai cespugli alle nostre spalle. Sono tutti armati, e tengono le pistole puntate contro Tank.

Siamo circondati.

"Resta dove sei, lupo."

Tank alza le mani sopra alla testa.

"No, non sparate." Alzo le mani anche io. "Non vogliamo fare del male." A Tank sussurro. "Tu ne avevi sentito l'odore?"

"No."

"Tutto questo posto sa di volpe, ragazzo" dice la volpe dall'aspetto più anziano, un uomo con i capelli color sabbia e il volto arcigno, le mani posate sui fianchi magri.

Altri uomini ci circondano. Hanno la pelle bruciata dal sole, sono bassi e muscolosi. Mi sembrano tutti familiari. Alcuni sono identici tra loro, dai capelli rossicci alle sporche tute da lavoro che indossano.

"Non siamo armati" dice Tank.

"Un lupo è già un'arma. Non gliene serve un'altra."

"Sentite, non vogliamo farvi del male" dico. "Mi sta solo aiutando a trovare i miei simili."

L'uomo mi guarda socchiudendo gli occhi. "Chi sei?"

"Sono la figlia di Johnny."

"Johnny?" Mi fissa, come se stesse tentando di capire che aspetto avrei senza i capelli color arcobaleno.

"Starà mentendo, Pa" dice una volpe più giovane. È un ragazzo fotocopia della più vecchia. Tank si muove al mio fianco. Se qualcuno mi dovesse minacciare, scatterà in azione. Gli faranno del male.

"Jordy" dice il capo con tono severo, e appare un'altra volpe. Una donna. Tiene la testa china e le spalle chiuse davanti a sé, ma è quella del mercato. "È questa?"

Jordy annuisce.

Uno degli uomini mi si avvicina e mi annusa. "Sa di lupo." Sputa a terra.

Tank si muove ancora al mio fianco e la pistola scatta, pronta.

"No, no, non è quello che vogliamo!" dico. "Sono venuta perché sto cercando mio padre. Non l'ho mai conosciuto, ma lui è rimasto in contatto con mia madre. Lei è umana. Ma io sono una volpe. Vedete?" Alzo la mano e le chiedo di tramutarsi. Forse perché sono disperata, o forse perché la mia volpe sa di essere vicino ai suoi simili, la mano si trasforma in una zampa ricoperta di pelliccia rossa.

Un mormorio si leva dal gruppo.

"Farete meglio a venire con noi" dice il capo. "Non è sicuro parlare all'aperto."

"Cosa? Perché?" chiedo. Ma le volpi si stanno già dileguando. Pa fa un cenno della testa a Jordy, e lei viene al mio fianco. "Perché" sussurra "ci sono i droni. Può darsi che ci stiano osservando."

~.~

LE VOLPI ci accompagnano fino alle colline e poi ci fanno entrare in una delle caverne scavate nella roccia rossiccia. Si fermano a discutere se sia il caso di bendare Tank, ma uno sottolinea che con il suo olfatto potrebbe trovarli comunque.

"Non intendo farvi del male" dice Tank. "Sono qui per aiutare Foxfire."

"Quando crederò alla parola di un lupo, morirò" dice uno dei più giovani, e sputa.

"Jason, piantala" lo avvisa Pa.

Le pistole si abbassano, ma Tank mi sta vicino. L'unica a non dimostrarsi apertamente ostile è Jordy.

"Sedetevi qui" sussurra, quando siamo al riparo all'interno di una grotta. Le volpi si riuniscono attorno a noi; i capi prendono posto sulle poche rocce che li aiutano a essere un po' più alti rispetto a Tank.

Si passano una caraffa di qualcosa che ha lo stesso odore della bottiglia che Tank teneva nel sacchetto di carta, solo che cento volte più forte. Non ce la offrono.

"È così che trattate tutti i vostri visitatori?" Tank guarda le pistole.

"Non riceviamo molte visite" dice Jason. La volpe accanto a lui, quasi identica, compresi gli stivali da lavoro e la tuta sporca, sputa.

"Perché siete venuti?" chiede Pa.

"Voglio solo trovare mio padre. Potete dirmi qualcosa di Johnny?"

"Sì. Era uno di noi" risponde Jason. "Il mio fratello scemo."

"Quindi siamo parenti?"

"Tutti i mutanti volpe sono parenti" risponde mio zio. "Non siamo molti. Per colpa dei lupi."

"Il mio branco non vi ha mai fatto del male" dice Tank.

"Non è necessario. Mutanti che scompaiono dappertutto, e resta la puzza di lupo." Jason ci guarda torvo.

"Di che stai parlando?" chiedo.

"Johnny non c'è più" dice Pa con tono indifferente. "È scomparso un anno fa."

Tank e io ci scambiamo un'occhiata. Noto che Jordy sta fissando il terreno.

"Cosa? È sparito e basta? Siete andati a cercarlo?"

"No, non ne abbiamo avuto bisogno. Lo hanno preso i lupi. Jeb e Joey sono andati e hanno sentito l'odore." Mio zio indica due altri mutanti dai capelli color sabbia che si assomigliano molto. Potrebbero essere fratelli. O cugini.

"Magari dovresti chiederlo al tuo lupo dove si trova tuo padre" dice Pa.

"I lupi non stanno prendendo nessuno." Tank si acciglia.

"Dice un lupo." Jason fa un ghigno.

"Sapete dove l'hanno portato?" dico, interrompendo la gara di sguardi.

"So solo che l'hanno preso. Portato via dal mercato la scorsa estate" risponde Jeb, o Joey. Tutti questi nomi con la J e i volti simili... è difficile distinguerli.

"Johnny si occupava della bancarella al mercato prima di Jordy. Aveva tante idee strampalate sulle volpi inserite in società" spiega Pa.

"E guarda com'è finito" mormora Jason.

Deglutisco, cercando di mandare giù il nodo che ho in gola.

"Ora si occupa Jordy della bancarella. Noi non volevamo, ma lei ha insistito."

Jordy impallidisce visibilmente. Non ha ancora sollevato gli occhi da terra. Difficile immaginarla insistere.

"E guarda cos'è successo" continua Pa, rimproverandola. "Un lupo ci ha rintracciati."

"Non è colpa sua" dico. "Io ho appena scoperto di essere una mutante. La mia volpe voleva trovare i suoi simili." Mi guardo attorno, scrutando i volti nell'ombra.

"Vivi da sola, ragazza?" Jason mi squadra dalla testa ai piedi.

"È sotto la mia protezione." Tank mi si avvicina.

Alcune volpi scuotono la testa.

"Per favore, potete dirmi qualcos'altro su mio padre?"

"Johnny era un tipo strano. È andato in giro per un po'. Una volta ha anche abitato in città. È tornato qui quando i mutanti hanno iniziato a scomparire."

"Che genere di mutanti?" chiede Tank.

"Grizzly, volpi, aquile. Qualche grosso gatto. Per lo più solitari, o i più deboli."

"Chi può essere interessato a prenderli?" chiedo.

"Non lo sappiamo. Lupi, alcuni di loro."

"Non il mio branco" dice Tank rapidamente.

"Ha importanza? Siete tutti uguali." Mormorii furenti si levano attorno a noi e le pistole si alzano di nuovo.

"E Johnny sapeva che questa cosa stava succedendo?" Mi porto davanti a Tank, sperando di impedire che i miei simili si trasformino in una folla furiosa.

"Lo sapeva" risponde Pa. "E voleva impedirlo. Ma ci ha ripensato troppo tardi. Hanno sentito il suo odore, e quando è andato al mercato l'hanno preso."

"I simili stanno con i simili" dice Jason, e alcune volpi ripetono le sue parole in una lugubre cantilena. La mia famiglia allargata somiglia sempre più a una setta ogni momento che passa. "Le volpi devono vivere nel segreto" continua mio zio. "Johnny non l'ha mai imparato. E adesso è sparito."

oxfire

È tardo pomeriggio quando ci incamminiamo verso Daisy. Le volpi ci fanno scortare fino ai confini del loro territorio, ma solo Jordy cammina accanto a noi.

"Ehi" le sussurro mentre procediamo in fila indiana in mezzo alla fitta vegetazione. "Non sei nei guai, vero? Cioè, non è colpa tua se ti ho trovata. In un modo o nell'altro avremmo sentito il tuo odore."

Scuote la testa, ma non le credo del tutto.

Quando sentiamo il rumore delle auto dall'autostrada, io e Tank ci ritroviamo da soli.

"Tutto ok?" mi chiede mentre monto a bordo di Daisy.

Annuisco distrattamente. Mio padre è scomparso, ed è passato quasi un anno. I miei simili sono un'accozzaglia di montanari arretrati, con legami consanguinei e che odiano i lupi. Non abbiamo visto nessun'altra femmina a parte Jordy, ma se lei è il loro esempio di donna emancipata, non voglio

167

neanche sapere cosa ne pensino delle femministe hippie che si tingono i capelli o hanno un lavoro. Non c'è da stupirsi che Johnny non abbia portato mia madre nel gruppo. Per quanto adori i vestiti fatti a mano o vivere in una caverna, non avrebbe mai potuto rinunciare a un bar o a moderni impianti idraulici.

"Foxfire?" Tank ha accostato. Siamo fuori da un ristorantino nella periferia della cittadina.

"Dovemmo chiamare Sunny" gli dico. Mia madre potrebbe essere preoccupata. O, conoscendola, avrà dato per scontato che siamo sgattaiolati via per fare l'amore nel bosco tutto il giorno. Estraggo il telefono e le mando un messaggio, chiedendole se possiamo portarle la cena. Risponde subito, dicendo che al mercatino ha fatto amicizia con degli artigiani locali e che hanno in programma di farsi un buffet vegano dove ciascuno porta qualcosa da mangiare, con a seguire una seduta di meditazione.

Tank mi porta nel ristorantino e ordina. Appena arrivano i piatti inizio a piluccare.

Dopo aver spazzolato tutto quello che ha ordinato, Tank mi dà un colpetto al piede. "Allora, adesso hai conosciuti i tuoi simili. Piuttosto furbi a nascondersi così."

"Sapevi che c'erano… persone… che vivono così?"

"No. Ma non mi sorprende. È difficile per le specie più deboli. Tengono un profilo basso." Si acciglia. "Pensi di mangiare il resto dell'hamburger?"

Scuoto la testa.

"Cosa fanno se devono andare dal medico?"

"I mutanti non hanno molto bisogno di cure mediche."

"E il cibo? La scuola?"

"Non si fidano degli estranei. Si arrangiano."

Fa un cenno alla cameriera e le chiede di impacchettare il mio cibo, insieme a un altro paio di ordinazioni in più.

Prima di raggiungere il furgoncino, si ferma e mi tira a lato dell'edificio. Mi spinge verso il muro e mi prende il viso tra le mani. "Foxfire, parlami."

"Non sapevano che aveva una figlia" dico, combattendo contro il nodo che ho in gola. "Non avevano idea…"

Tank mi scruta il viso.

"Non mi ha voluta." La mia voce vacilla.

"Tesoro." Mi abbraccia. "Sai che non è vero. Ha sempre mandato dei soldi a tua madre per tutti questi anni."

"Perché non è mai venuto a conoscermi?"

"Pensava che fossi umana, ricordi? Magari voleva proteggerti."

"Già."

"Pensi che volesse esporti a quella gente? Rischiare che ti volessero tra loro, pretendendo di allevarti?"

Scuoto la testa. La vita con Sunny è stata decisamente meglio che con gli avanzi del cast di *Un tranquillo weekend di paura*.

"Pare che stesse cercando persino lui di scappare da loro."

"E quello che hanno detto?" chiedo. "Dei mutanti che scompaiono?"

Tank raddrizza la schiena. Il viso gli si adombra. "Non lo so" dice alla fine. "Non riesco a capire se sia vero o no. Può benissimo darsi che tuo padre sia semplicemente scappato da loro. Magari non lo scopriremo mai."

"Che schifo però. Finalmente ho un motivo per andare a cercare mio padre, e arrivo con un anno di ritardo."

"Lo so, tesoro. Lo so."

Entro nel ristorantino per una pausa pipì mentre Tank carica gli avanzi su Daisy. Quando torno fuori, una voce sommessa chiama il mio nome.

Mi giro e scruto nell'ombra. "Jordy?"

La donna-volpe della mia famiglia si stacca dal muro, dove vedo appoggiata la bicicletta.

"Sei venuta a cercarmi?"

"Volevo darti questo." Ha in mano un piccolo oggetto marrone. Un portafoglio. "È di Johnny. L'ha lasciato nascosto alla bancarella il giorno che è scomparso. L'ho trovato nella cassetta dei soldi. Ero l'unica ad avere la chiave."

Apro il portafoglio di pelle consumata e guardo la patente. A ricambiare il mio sguardo c'è un uomo dal volto solenne, i capelli chiari, le lentiggini.

"Johnny" conferma lei. "Era mio fratello. Più vecchio di un bel po' di anni."

Chiudo il portafoglio, nascondendo il volto di mio padre. "Quindi sei mia zia."

"Già." Sorride timidamente. Non sembra tanto più grande di me, magari cinque anni.

"Foxfire" mi chiama Tank. Jordy sussulta.

"Va tutto bene." Torno alla luce e faccio cenno a Tank di aspettare un minuto. Jordy si stringe addosso al muro, gli occhi strabuzzati. "Non morde, te lo giuro."

"I lupi sono pericolosissimi" sussurra Jordy.

"Ci si abitua." Scrollo le spalle.

Lei scuote la testa. "Il clan non lo vuole nei paraggi, anche se è il tuo compagno."

"Il mio cosa?"

"Ti ha marchiata." Fa un cenno del mento a indicarmi il collo. Metto una mano sul punto dove Tank mi ha morso. "È così che fanno i lupi quando trovano la loro compagna."

"E allora?" dico, incerta di cosa voglia dire *compagna*. "Sono sempre dei vostri."

"No. Ed è così che deve andare."

"Ma voi siete la mia famiglia."

"Faresti meglio a dimenticarci e basta. Johnny vorrebbe che lo facessi. Johnny a volte avrebbe voluto farlo."

"Va tutto bene?" Tank avanza lentamente verso di noi.

"Devo andare." Jordy prende la bicicletta e ci monta sopra, pronta a scappare.

"Starai bene?" le chiede Tank.

"Sì."

Aggiungo "Non sei nei guai per essere venuta a parlare con noi?"

"Dovevo venire. Johnny l'avrebbe voluto."

"Jordy..." Vorrei dirle che non deve tornare, che può venire a vivere con me. Ma non so neanche cosa farò io. Pensavo che avrei trovato mio padre e che le cose avrebbero magicamente acquistato senso.

"Segnati i nostri numeri" decide Tank al posto mio. Rovisto nella borsa alla ricerca di una penna e un pezzo di carta e annoto i numeri. "Se sei nei guai, chiamaci." Porge il foglio a Jordy. "Ti verremo ad aiutare."

Afferra il foglietto, lo piega facendolo scomparire tra i vestiti e poi pedala via.

"Tutto a posto, piccola?" Mi appoggia la mano sulla nuca, massaggiandola.

"Sì" sussurro, guardando la figura solitaria allontanarsi verso il deserto.

~.~

Tank

.   .   .

Foxfire resta in silenzio mentre guido in direzione dell'hotel. Jordy le ha dato qualcosa. Ne sento l'odore nella sua borsa, ma lei non ne parla e io non tiro fuori l'argomento.

Tornati in camera, scompare per qualche minuto in bagno. Le lascio spazio, sfiorandola leggermente quando torna ed è il mio turno di lavarmi.

Quando torno in camera, la trovo distesa sul letto a fissare il soffitto. La borsa della cena è accanto a lei, intatta. Non mi piace che abbia mangiato così poco, ma capisco. È stata una giornata intensa.

Mi sdraio accanto a lei.

"Cosa ti serve?"

Si lascia sfuggire un piccolo sospiro. Il suo odore cambia. Prima che possa analizzarlo, si gira a guardarmi, sbattendo le ciglia su quegli occhioni grigi.

"Fai l'amore con me, Tank."

Non so cosa dire, quindi resto in silenzio. Tutto il suo mondo è sottosopra. Io sono l'unica persona che ha con cui parlare. Sono contento di essere qui con lei, ma non sono sicuro di meritarmi la sua fiducia.

"Per favore." Si accoccola più vicino a me, la testa attaccata alla mia. "Ho bisogno di essere toccata." Alza la mano, esita e poi mi accarezza i capelli. "Ho bisogno di te."

Deglutisco. Pensavo che resistere a Foxfire, la gattina sexy dai capelli pazzi, fosse difficile, ma vederla così ferita mi devasta lo stomaco. Niente sulla faccia della Terra potrebbe mai impedirmi di dare alla mia compagna ciò di cui ha bisogno. Anche se non ho ancora riflettuto a fondo sul fatto di averla marchiata.

Adesso è mia per sempre. E non sono ancora sicuro che sia l'idea migliore del mondo.

Ma cosa dico?! Il mio lupo è innamorato dell'idea, cazzo. Ho solo la scomoda sensazione di quali potranno essere gli sviluppi e le conseguenze con il branco. Sono quassù a Flag quando dovrei invece tenere d'occhio l'Eclipse e gli affari di Garrett a Tucson. Ho disertato il branco per una femmina, come mio padre?

Ma lo scoprirò dopo. Adesso la mia piccola ha bisogno di me. Le metto una mano dietro alla nuca, la tiro a me e la bacio.

Non parliamo. Non ce n'è bisogno.

Stavolta non sono rude. Glielo do con dolcezza. Non proprio teneramente – non so se mi sia possibile – ma con la maggiore delicatezza possibile. Strofino la mia lingua dentro alla sua bocca, le succhio le labbra. Le sfilo la maglietta e le abbasso le spalline del reggiseno. Venero i suoi capezzoli, succhiandoli, pizzicandoli, baciandoli. Le scendo lungo la pancia, le tolgo i pantaloni.

Inizia a implorare il mio sesso non appena le arrivo con la bocca in mezzo alle gambe, e non ho cuore di negarle l'orgasmo. Mi alzo e mi libero dei vestiti.

"Lo vuoi, tesoro?" Mi afferro l'uccello.

"Sì, Tank. Ho bisogno di te."

Le salgo sopra e faccio strusciare il sesso lungo la sua fessura bagnata. Per una volta mi trattengo un poco, entrando lentamente, facendo del mio meglio per non trasformare anche questa occasione in un festino spacca-letti.

Lei inarca la schiena e mi stringe con forza.

Cazzo. Forse spaccherò un altro letto. Le dondolo dentro, tenendo lo sguardo sui suoi occhi grigi, intrecciando le dita con le sue.

"È di questo che hai bisogno, volpacchiotta?"

"Sì" risponde ansimando. Sta spingendo verso l'alto il bacino per venire incontro ai miei colpi, strusciando il suo punto erogeno contro al mio sesso. "Sì!"

Tengo i nostri corpi uniti, ma rotolo sotto. Per una volta,

lascio che sia lei al comando. Mi cavalca e io le stringo le anche, facendola scivolare su e giù. I suoi seni rimbalzano, il colore le avvampa sulle guance. Mi posa le mani sul petto e mi affonda le dita nella pelle. Le lascio decidere il ritmo.

I suoi occhi si appannano, le labbra si schiudono. È già lanciata verso lo spazio, ma non la costringo a restare con me. Ne ha bisogno. "Prendilo, bellezza. Prendi quello che ti serve."

Mi cavalca velocemente, emettendo piccoli sbuffi eccitantissimi, fino a venire. Le tengo ferme le anche e scatto con le mie verso di lei, scopandola con forza finché non parto anch'io come un fuoco d'artificio.

Lei mugola e mi si accoccola sopra, nuda, la guancia appoggiata sul mio petto. Le accarezzo la schiena con gesto calmante, ascoltando il suo battito che man mano rallenta.

"A cosa stai pensando?" le chiedo.

"Ai miei simili."

"Ah."

Sì, non ci sono parole.

"Almeno li ho trovati." È un ovvio tentativo di guardare la faccia buona della medaglia, e mi si stringe il petto per lei. "E mi sa che abbiamo anche capito come mai sono così stramba."

"Non fare così" dico immediatamente.

"Così come?" Alza la testa.

"*Nessuno* ti chiama stramba. Se becco qualcuno che lo fa, gliela faccio pagare." Ammicco con le sopracciglia. "Anche se sei tu a farlo."

Le sue labbra si piegano in un riluttante sorriso. "Intendi prendermi a sculacciate perché mi affibbio nomignoli?"

"Sì."

Sbuffa, ma le faccio vedere che sono serio al cento per cento. Non riguardo alle punizioni, ma riguardo al difenderla.

Perché, nonostante gli avvertimenti di mio padre, sceglierò Firefox sul branco, se sarà necessario. Se qualcuno dei miei fratelli di branco oserà giudicarla, dovrà assaggiare il mio pugno.

Rotolo sopra di lei, sostenendo il peso pur coprendo il suo corpo snello con il mio. Lei non si muove, non respira, mi guarda come se fossi la luna. Vorrei imbottigliare questa sensazione per sempre. La gloria di essere il suo amante, il suo protettore.

"Nessuno insulta il mio tesoro." Strofino il naso contro al suo collo, appena sopra al marchio. Non gliel'ho ancora spiegato. Dovevo ancora capacitarmene io, e lei ha un sacco di cose per la testa. Ma lo farò.

È mia adesso, che le piaccia o no.

CAPITOLO QUATTORDICI

oxfire

BUSSANO ALLA PORTA. Io e Tank siamo tutti aggrovigliati.

"Vai via" bofonchio.

"Tranquilla, tesoro. Vado io" sussurra Tank, il fantasma delle sue dita che continua ad accarezzarmi la schiena quando si allontana.

La voce di mia madre si mescola ai sogni del mio ritorno alle caverne delle volpi, per incontrare mio padre e convincere Jordy a colorarsi i capelli di blu.

Sussulto quando la mano calda di Tank mi si posa sulla spalla.

"Foxfire, abbiamo un problema."

Mi sveglio di scatto. "Cosa c'è?"

"Qualcuno ci ha tagliato i copertoni delle ruote ieri notte. Tua madre stamattina è uscita presto e l'ha scoperto."

"Oh no."

"I vandali non hanno lasciato un biglietto né niente, ma i copertoni sanno di piscio di volpe."

Faccio per alzarmi in piedi e Tank mi spinge giù. "Resta qui. Me ne occupo io. Ho visto un'officina all'angolo."

"Perché le volpi dovrebbero fare una cosa del genere?"

"Per mandare un messaggio. Vogliono che non torniamo più da loro."

"Impedendoci di partire?"

"Può darsi che non siano i più furbi tra i mutanti. Probabilmente tuo padre era un'eccezione."

"Mi spiace."

"Non è colpa tua. Riposati, piccola. Hai bisogno di dormire."

Non si sbaglia. Nel momento in cui se ne va, ricado nel mio miscuglio di folli sogni.

Quando alla fine mi alzo, Tank non è ancora tornato. Mi faccio una doccia e mi sistemo. Ho dei cerchi neri sotto agli occhi e mi sembra di aver perso peso. Anche i capelli generalmente brillanti sono un po' sbiaditi e flosci. Forse sarebbe meglio farli rossi. O blu. Forse il sogno era un segno.

Il portafoglio di mio padre è appoggiato sul comodino, dove l'ho messo ieri sera.

Lo apro.

"Ehi" dico a mio padre. "Senti, Sunny dice che da piccola non volevo conoscerti. Non è vero. Volevo sapere perché gli altri bambini avessero dei papà e io no. Volevo incontrarti. Ma è vero, ogni volta che lei tirava fuori l'argomento, io nicchiavo.

"Sunny ha fatto del suo meglio. So che l'hai fatto anche tu. Ma avrei voluto che fossi più egoista. Ero una bambina tosta. Avrei saputo gestirlo. Avrei voluto conoscerti. Ora ho la sensazione che non accadrà mai."

Chiudo il portafoglio di scatto. Perché mio padre se l'è

lasciato dietro andandosene dalla città? Era un messaggio per Jordy?

Ci rovisto dentro e a parte qualche scontrino piegato, monetine e una tessera della biblioteca, non c'è niente di nota. Ma quando controllo in una taschina interna, scopro una chiave d'ottone. Un piccolo pezzo di nastro adesivo la contrassegna con un lungo numero. Un codice? È la chiave di una cassaforte? La rimetto con attenzione al suo posto. Tank saprà darmi una risposta. Prendo il telefono e lo chiamo.

Dopo qualche squillo, mi rendo conto che la sua borsa sta vibrando. Deve aver lasciato qui il telefono. Lo vado a prendere, pronta a correre giù a cercarlo per dirgli cos'ho scoperto. Ha qualche chiamata persa di ieri sera e di questa mattina. Una di Garrett. C'è anche un messaggio da un certo 'Jared'. "Sei vivo?!?!"

Mi sa che Tank ha trascurato il branco per occuparsi della mia storia.

Mentre sto lì, tenendo il telefono in mano e sentendomi in colpa, quello suona. Il nome sullo schermo è 'Papà'.

Mordendomi un labbro, rispondo.

"Telefono di Tank. Adesso non c'è, ma posso prendere un messaggio."

"Chi è?" mi chiede una versione più vecchia della voce di Tank.

"Sono Foxfire. Voleva parlare con Tank? Ha lasciato qui il telefono, ma dovrebbe tornare…"

"C'è un motivo particolare per cui rispondi al suo telefono?"

"È appena uscito per una commissione e l'ha lasciato qui. Gli dirò di chiamare il branco non appena torna. È stato occupato a… ehm, aiutarmi con problemi di famiglia."

Silenzio. Mi irrigidisco. Non era così che avevo desiderato una presentazione con il padre di Tank.

"Sono una mutante volpe" gli dico, poi mi chiedo se sia stato saggio dirglielo. "Lei è suo padre? Piacere di conoscerla…"

"Senti" mi interrompe l'uomo. "Non so chi tu sia e non me ne frega niente. Tank è sparito con te mentre il suo alfa e i membri del branco erano nei guai."

"Cosa?" L'aria sparisce dalla stanza.

"Non so cosa stia facendo con te, ma il suo alfa è tornato in città adesso e vuole delle risposte. È bene che Tank rinsavisca e torni ai suoi doveri."

Ora tocca a me restare in silenzio.

"Senti, non voglio fare il duro con te. Ma Tank è il vice del branco. Sai cosa vuol dire? Il suo alfa conta su di lui. Non gli serve una donna che gli incasini la posizione."

"Non lo farei mai." Chiedo alla mia voce di non tremare. "Ci siamo appena conosciuti, ma voglio bene a suo figlio."

"Se gli vuoi bene, starai attenta. Dici che sei una volpe?"

"S-sì."

"I mutanti non si mescolano con altre specie. Tank ha bisogno di una compagna che lo capisca. Lui appartiene a quelli come lui."

"Dirò a Tank che ha chiamato" sussurro, e riaggancio. Ho il corpo indolenzito, come se mi avessero sbattuta a terra.

I mutanti non si mescolano con altre specie.

I miei simili con le pistole puntate contro Tank.

Tank ha bisogno di una compagna che lo capisca.

Tank alla guida del suo pick-up, che cerca di spiegarmi come funziona un branco.

Lui appartiene a quelli come lui.

Il viso di Tank, pieno di pena mentre guarda Jordy. E me.

Le chiamate perse. L'insistenza perché non mi immischi nel suo branco. Le brutte parole di suo padre. Non arrabbiato, ma preoccupato.

Non appartengo al suo mondo. E lui decisamente non appartiene al mio. Sto facendo esattamente quello che ha fatto sua madre: mettere a rischio la sua ottima posizione nel branco.

Egoista, egoista, egoista. Raccolgo la mia roba e la porto nella camera di Sunny.

Scopro da Sunny dove Tank ha portato il furgone a riparare. Salta fuori che sono due passi dall'hotel.

Tank sbuca da dietro il piccolo bus mentre mi avvicino, asciugandosi con uno straccio le mani sporche di grasso.

"Le gomme dovrebbero arrivare per mezzogiorno. Ho appena cambiato l'olio. Ora controllo un altro paio di cose e poi andiamo." Mi guarda. "Tutto ok?"

Sento i piedi malfermi. Venendo qui ho ripassato tutto quello che devo dire, ma ora che ce l'ho davanti, con i bicipiti che tendono le maniche della maglietta, i jeans sporchi di olio, ho la prova che si stava prendendo cura del veicolo di mia madre anche se non gliel'abbiamo chiesto, e probabilmente lei non potrà neanche pagarlo. Tank che si comporta da Tank.

"Allora, ce ne andiamo?"

Scrolla le spalle. "Dipende da te. Pensavo di restare qualche giorno in più, per vedere se riusciamo a trovare altre piste su tuo padre…"

Scuoto la testa. Proprio come ha detto suo padre. Sono una palla al piede e lo sto trascinando giù.

"Devi andare" gli dico. Lui gira la testa di scatto, aggrotta la fronte. "Cioè… penso che sia meglio se torni dal branco. Hanno bisogno di te. I miei simili non vorranno parlare con me se ci sei tu nei paraggi, quindi…" Scrollo le spalle.

Mi scruta per un momento. "Cosa c'è che non va, Foxfire?"

Faccio un respiro profondo e ci vado giù pesante.

"Quando avevi intenzione di dirmi che mi hai marchiata come compagna?"

~.~

Tank

Foxfire si strofina le mani sui jeans ma resta ferma dov'è. Il suo odore è in qualche modo svanito e non mi guarda dritto negli occhi.

Fino a questo momento.

"Beh? Mi hai marchiato, Tank."

Cazzo. "Chi te l'ha detto?"

"Jordy." Si scosta i capelli, mostrando il segno arrossato. È guarito bene. I mutanti guariscono in fretta, ma il siero delle zanne che serve a dichiarare propria una compagna assicura un segno.

"Foxfire…"

"Perché, Tank?" La sua voce è dura. Non le ho mai sentito usare un tono così. Se non sapessi che è impossibile, penserei che qualcuno ha rapito la mia donna per mettere al suo posto un'attrice.

"Ho fatto un casino" dico, massaggiandomi la nuca. "Non volevo."

Chiude gli occhi.

Cazzo.

"Spiegati."

"Non posso. Il mio lupo ti vuole. Ti ha sempre voluta. Ma ho sbagliato. Avrei dovuto controllarmi meglio."

"Non siamo della stessa specie" dice. "Tu sei un lupo e io una volpe."

Faccio per avvicinarmi, ma allunga le mani per mantenere le distanze.

"Ha chiamato tuo padre."

Non capisco il cambio di argomento. Mi rendo conto che mi sta porgendo il mio telefono.

"Garrett e gli altri si stanno chiedendo dove sei. Il tuo branco ha avuto dei guai."

"Di che stai parlando?"

"Hanno bisogno di te, Tank." Fa un respiro profondo. "Io non ho bisogno di te. Non più."

La guardo in viso. Non ci trovo niente di Foxfire: niente luce, niente entusiasmo. Freddo e di pietra. L'ho marchiata senza permesso. Ha tutto il diritto di essere arrabbiata.

Appena prendo il telefono, si gira e si allontana. Ha ragione. Ho il cellulare che esplode di chiamate e messaggi del branco. Il mio alfa. Mio padre.

"Ho risposto a una chiamata di tuo padre" dice. "Non avrei dovuto, ma avevi lasciato il telefono e non volevo che si preoccupassero. Comunque mi ha detto che il tuo branco ha bisogno di te."

Cazzo. C'è un messaggio di Garrett per tutti quanti. Un incontro, stanotte. "Dovrei andare."

"Sarà meglio." Non si volta a guardarmi. "Possiamo darti un passaggio..."

Accidenti. Lasciarla, soprattutto adesso che è incazzata con me, va contro ogni cellula del mio corpo, mutante e umano. Ma non posso sottrarmi ai miei doveri nel branco, e chiaramente non mi vuole qui. Forse ha solo bisogno di un po' di spazio. Mi riunirò a lei dopo l'incontro con il branco e la farò parlare con me.

"L'officina ha una motocicletta che posso comprare e

portare a Tucson. Le riparazioni sono tutte pagate e i copertoni dovrebbero arrivare prima della chiusura. Ti chiamo
appena arrivo a Tucson per assicurarmi che tu e tua madre
siate sistemate."

"Non ti preoccupare" dice con voce tesa. "Non c'è
bisogno che ci controlli."

Vaffanculo. Mi sa che sto assaggiando la mia stessa medi-
cina. Si è totalmente chiusa.

L'istinto mi grida di non andare, ma restare non ha senso.
Il lungo viaggio in moto mi schiarirà le idee. Come anche il
ricongiungimento con il branco.

~.~

Foxfire

GIROVAGO PER IL MERCATO, fermandomi alla vecchia bancarella di mio padre. L'odore di volpe sta svanendo. Qualcosa
mi dice che Jordy non tornerà a occuparsene. Questo è un
vicolo cieco. Come tutto il viaggio.

Caccio indietro un singhiozzo. Il vento aumenta. Vecchi
giornali roteano, soffiati dall'aria. Una folata mi porta una
zaffata di olio di patchouli.

"Foxfire?" Sunny si avvicina. "Ho appena visto Tank; ha
comprato una motocicletta usata dall'officina e sta tornando a
Tucson. Va tutto bene?"

Scoppio in lacrime.

~.~

TORNATE NELLA STANZA D'HOTEL, le racconto tutto. Tutto, eccetto il fatto che siamo mutanti, ovviamente. Fa una smorfia sentendo la descrizione della famiglia di Johnny, ma non sembra sorpresa. "Mi aveva raccontato un po' di loro. Abbastanza da farmi capire che non avrei mai voluto conoscerli. Tutti erano impegnati nell'attività di famiglia, senza nessun obiettivo esterno. Gli uomini erano dominanti, le donne rinchiuse. Una società molto rigida, molto patriarcale. Tuo padre non era per niente così."

Le mostro il portafoglio e sorride guardando la foto di Johnny.

"Ho trovato questa." Tiro fuori la chiave. "Non sono sicura di cosa apra, ma l'ha lasciata quando è scomparso." O è stato rapito. Non so molto della società dei mutanti, ma se il suo clan pensa che l'abbiano rapito, gli credo. Del resto si era già allontanato altre volte, quando ha incontrato mia madre. Stavolta sembra diverso.

"Probabilmente apre una cassetta di sicurezza" ipotizza Sunny. "Tutto quello che mi ha mandato veniva dall'ufficio postale di qui. Ci sono già andata: gente molto simpatica. Si ricordano di Johnny."

"Lo hanno visto?"

"Dall'anno scorso no."

Rimetto via la chiave senza riuscire a scuotermi di dosso una sensazione di timore. Mio padre è scomparso e ha lasciato il portafoglio in una cassetta di sicurezza. Magari intendeva tornare e metterlo al sicuro. O forse no.

"D-dovremmo…" Inciampo sulle parole perché sembrano

una presa di coscienza del fatto che Johnny è davvero scomparso. Per sempre. "Dovremmo andare a vedere cosa apre?"

"Penso che tuo padre l'abbia lasciata perché qualcuno la trovasse."

~.~

CARTE, carte e ancora carte: tutto, da foglietti scritti a mano ad articoli di giornale fotocopiati. Mio padre non era una volpe. Era un accumulatore compulsivo.

Nascondendo a Sunny la mia delusione, infilo tutto il contenuto in uno scatolone che il personale dell'ufficio postale gentilmente ci offre, e torniamo all'hotel. Sparpagliamo tutto sul letto e io mangio gli avanzi della sera prima mentre Sunny sfoglia le carte.

"Interessante" dice. "Sembra... una ricerca. Una sorta di progetto."

Mi salta all'occhio il titolo di un articolo. "Madre scomparsa" leggo. "Ed eccone un altro. Uomo del posto scomparso."

Apro il bloc notes di mio padre e trovo un elenco corrispondente. Nome, data e un nome di animale. Ne leggo un po' prima di rendermi conto di cosa significhi l'animale. Grizzly, leone, aquila, corvo: sono tipologie di mutante.

"Johnny stava indagando su persone scomparse" dice Sunny, e inizia a impilare i ritagli di giornale da una parte. Alla fine ce ne sono più di trenta, con altri segnati sull'elenco del bloc notes.

Non solo gente scomparsa. Mutanti scomparsi.

Le volpi avevano ragione. I mutanti stanno scomparendo.

E mio padre stava raccogliendo prove per darne testimonianza.

"Questo cos'è?" Sunny solleva un pezzo di carta copiato da una specie di mappa. Johnny ha disegnato un bozzetto con delle caselle sopra, alcune larghe, altre più piccole, con annotazioni nella sua calligrafia ordinata.

"Magazzino principale, area gabbie, laboratorio uno, laboratorio due" legge Sunny.

"Un agglomerato" dico, facendo corrispondere la mappa con gli appunti. "È vicino al confine con l'Arizona, subito fuori dalla Riserva montana Ute. Sembra in mezzo alla natura più selvaggia." Tiro fuori il telefono e guardo le coordinate, ma Google Earth non mostra edifici. "È una struttura segreta." Alzo la testa e incontro gli occhi sgranati di mia madre. "È dove finiscono le persone scomparse. Capito?" Sfoglio fino alla fine il bloc notes, dove Johnny ha messo date e appunti su furgoni in entrata e in uscita dal complesso. Ha anche annotato le targhe. "Consegna, 26 ottobre. Ha trovato questo posto e l'ha spiato per oltre un anno." Indico l'ultima data. 24 aprile dell'anno scorso. "Pensava che stesse succedendo qualcosa di sospetto e che il complesso fosse il quartier generale."

"Cosa significa?"

"Johnny non si è semplicemente allontanato. E neanche tutte queste persone scomparse. Se gli appunti sono corretti, non stanno svanendo tutti nel nulla. Vengono rapiti."

CAPITOLO QUINDICI

LA MOTO AVEVA mezzo serbatoio pieno, quindi guido per qualche ora prima di fermarmi per una pausa rifornimento. Prima di mettermi in viaggio, ho scritto a Garrett e a qualche altro fratello. A quanto pare hanno avuto un'avventura in Messico, ma ora sono tutti a casa sani e salvi. Faranno un resoconto per tutti all'incontro di stasera, e gli ho fatto sapere che tornerò in tempo. Viaggio tutto il giorno senza fermarmi, eccetto che per il rifornimento di carburante. Lascio che la strada e l'aria fresca lavino via i ricordi degli ultimi giorni, di strafatte umane hippie e signorine volpe dai capelli alla *Looney Tunes*.

Foxfire. Cazzo.

Papà aveva ragione. Le donne sono pazze.

Non so neanche cosa sia successo laggiù, ma ho come la sensazione che un treno in corsa mi abbia appena colpito in pieno petto.

Quando mi fermo a fare rifornimento, accendo il telefono. Qualche chiamata persa, le più recenti da un numero sconosciuto e da mio padre. Lo richiamo.

"Figliolo?" La voce è forzata. Chiaro, il mio branco ne ha passate delle belle e, anche se io ne ero fuori, lui non è riuscito a mettersi in contatto con me.

"Sì, papà. Sono io. Sto tornando a Tucson."

"Va tutto bene?"

"Sì." Mi massaggio la faccia, sentendomi vecchio di cent'anni. Il mio lupo è in silenzio, come dolente. Mi chiedo se mio padre si sia sentito così alla fuga di mia madre. È come se avessi perso un arto. "Sono solo."

Esita.

"Ho commesso un errore" gli dico. "Ma è stato per il meglio. Sarò presto con il branco."

"Figliolo." Si schiarisce la gola. "Mi spiace che le cose non siano andate bene. Ho parlato con la tua femmina, prima."

"Ah sì?" Foxfire me l'aveva detto.

"Può darsi che sia stato più duro del dovuto. Stavo solo tentando di proteggerti."

"Cosa le hai detto? No, non importa. L'istinto dell'accoppiamento… avevi ragione. Quando arriva è forte."

"Tu… era la tua compagna?"

"Sì." È un casino, ma non posso negare i sentimenti del mio lupo per Foxfire. Non posso negare come mi sento.

"Non lo sapevo" mormora mio padre.

"Che importanza ha? Gli istinti dell'accoppiamento mandano fuori di testa un lupo. Me l'hai sempre detto." Il serbatoio della moto è pieno. Se mi metto in strada adesso, posso arrivare a Tucson senza tardare all'incontro. "Devo andare…"

"Figliolo. C'è una cosa che dovresti sapere. Tua madre…"

"Ha tradito il branco. Ha tradito te."

"Non era la mia compagna."

"Cosa?"

"Eravamo stupidi e innamorati. Voleva che la marchiassi. Ma il mio lupo… lui sapeva. Ho cercato di far funzionare le cose lo stesso."

"Mia madre non era la tua compagna?" Mi gira la testa. "Ma pensavo…"

"Ti ho detto di stare attento all'istinto dell'accoppiamento. Ma a posteriori mi sono reso conto di non averlo mai provato con tua madre. L'errore che ho fatto… dipende da me."

Non so cosa dire.

"Ho fatto del mio meglio per crescerti nel modo giusto" continua mio padre. "Ho fatto quello che potevo. Ma ora sei un uomo. Puoi prendere le tue decisioni. E se il tuo lupo decide che è ora di prendere una compagna, anche se è una volpe…"

"I mutanti non si mescolano. Mi hai sempre detto anche questo."

"Non lo so. I tempi stanno cambiando. Il tuo alfa ha appena preso un'umana…"

"Cosa?" Il telefono suona per l'arrivo di una chiamata persa, e non posso sopportare di sentire altro. "Papà, devo andare."

"Va bene, figliolo. Stammi bene."

Negli ultimi giorni sono stato pazzo, e ora sono appena ripiombato nel buio. Mio padre mi ha appena chiamato per dirmi che prendermi una compagna è ok. Magari non avrò la sua benedizione, ma almeno non mi diserederà.

Almeno fino a che non avrà visto i capelli di Foxfire, o incontrato sua madre.

Il cellulare trilla ancora, impaziente, quindi premo il pulsante per ascoltare i messaggi.

Una voce morbida inizia a parlare e devo alzare il volume. "Sono Jordy. Pensavo volessi sapere… Foxfire e sua madre sono venute qui." Mi irrigidisco. "Hanno un sacco di prove sui mutanti scomparsi e su un luogo…"

Un gruppo di motociclisti si ferma e i motori delle Harley sommergono la voce praticamente sussurrata di Jordy. Vado verso il limitare del parcheggio per avere un po' di silenzio. "Gli anziani si sono rifiutati di aiutare. Stanno facendo i bagagli. Questo posto non è sicuro per loro." Una pausa. "Non cercare di contattarmi a questo numero. Foxfire intende andare al complesso dove potrebbero essere tenuti prigionieri i mutanti scomparsi. Ha detto che te n'eri andato, ma so che è la tua compagna. Pensavo solo che volessi saperlo."

Ascolto il messaggio altre due volte, poi cerco di richiamarla. Ovviamente il numero è disconnesso.

Cazzo.

Faccio il numero di Foxfire. Parte la segreteria.

"Foxfire. Chiamami." Le mando anche un messaggio e richiamo, cantilenando "Rispondi, rispondi, rispondi."

"Pronto?" Al suono della sua voce, il mio lupo alza la testa.

"Dove sei?" ringhio.

Non dice niente.

"Ho appena ricevuto una chiamata da Jordy. Dice che hai trovato altre informazioni sui mutanti scomparsi, incluso un posto dove potrebbero essere tenuti prigionieri. Quindi ti richiedo: dove sei?"

"Cosa ti importa?"

La ignoro. "Non mi dire che sei al complesso."

Silenzio.

"Foxfire." Sento il telefono scricchiolare per la potenza con cui lo stringo. "Tuo padre è scomparso. Se è stato rapito, allora questa gente è pericolosa."

"Lo so. Non sono stupida."

"Allora cosa intendi fare?"

Silenzio.

"Foxfire…"

"Aspetterò fino al buio e poi mi intrufolerò dentro." Sento un leggero scricchiolio. La custodia del cellulare. Allento la presa. "E se ci sono delle guardie?"

"Accendo un fuoco e faccio partire l'allarme antincendio."

"Accendi un fuoco?"

"Sì, piccolino."

"L'incendio doloso non è un gran piano." La mia voce è un ringhio tanto profondo che quasi non la riconosco. Mi impongo di calmarmi prima di tramutarmi e andare su tutte le furie. "Tesoro, resta dove sei. Arrivo subito."

"Non chiamarmi così. Non sono il tuo tesoro. E certo non voglio essere tua responsabilità. So prendermi cura di me stessa. L'ho sempre fatto."

Responsabilità? Non so di che cazzo stia parlando Foxfire, ma non abbiamo tempo di discuterne adesso.

"Dammi l'indirizzo, Foxfire. Non metterti in pericolo. E non mettere a rischio anche tua madre. Arrivo." Monto in sella alla moto, pronto a partire. "Dimmi dove sei."

"Vai a Tucson. Dove devi essere. Non voglio che segui questa *pulsione* a prenderti cura di me." Riaggancia.

Lancio indietro la testa e ululo. Quando ho finito, i biker delle Harley mi stanno tutti fissando. Li guardo digrignando i denti e rimetto in tasca il telefono. Alla partenza, la moto lascia i segni dei copertoni sull'asfalto.

Dopo qualche chilometro, inizio a pensare con chiarezza. Ha avuto il tempo di andare dalle volpi e poi di arrivare al complesso, ovunque esso sia, nel giro di poche ore. Se mai incontrerò di nuovo quegli anziani, li farò a pezzi per averla lasciata priva di protezione.

Sei stato tu il primo a lasciarla, mi ricorda il mio lupo. E ha ragione. E ora Foxfire non vuole neanche che la raggiunga. Non che questo mi fermerà. Non commetterò mai più questo errore.

Esco di nuovo dall'autostrada e faccio una chiamata. Jackson risponde al primo squillo.

"Tank?"

In una furia gli racconto le novità. Jackson è un lupo mannaro e ha una ditta di sicurezza informatica che vale miliardi. Ah, e la sua compagna è tra gli hacker migliori del mondo. Ho già chiesto a lui e Kylie di aiutarmi a rintracciare il padre di Foxfire. Non ci metto molto a spiegargli il resto.

"Cosa ti serve?" chiede Jackson. "C'è qui Kylie."

"Ciao, Tank" dice una voce cristallina al telefono. Kylie è giovane per essere una hacker così brillante. Una bellissima nerd che Jackson ha fatto sua non appena le ha posato gli occhi addosso. Secondo Trey, è una nerd con un corpo da paura. Abbiamo avvisato Trey di non dirlo mai in faccia a Jackson, a meno che non voglia finire presto nella tomba. Jackson non sarà il nostro alfa, ma in lui c'è un sacco di materiale alfa, poco ma sicuro.

"Grazie per tutto il lavoro che stai facendo su questa cosa" dico rapidamente, mettendo più rispetto possibile nel tono. "Non sai cosa significhi per me e la mia compagna."

"Nessun problema." Sento il suo calore arrivare anche attraverso il telefono. "Sono contenta di dare una mano. Ma devi sapere una cosa. Ho fatto un po' di ricerche, anche se non tantissime. Jackson non vuole che mi ritrovi i federali alle calcagna."

Jackson mormora qualcosa che non sento.

"Sono entrata piuttosto a fondo in un certo… canale illegale. Una specie di piattaforma di lavoro per criminali."

"Ok" dico, come se stessi seguendo, anche se non è così.

"C'era dentro il nome di Foxfire. Nello specifico, un lavoro pagato poco per catturarla e portarla via. Un ordine di rapimento."

Sento i brividi lungo la schiena.

"C'era un bonus per lei. Mille dollari, se la portavano viva."

"Cos'hai detto?"

Kylie ripete, ma sto ascoltando a malapena. Il malvivente alla porta. I mafiosi che hanno spaventato la madre. Non si trattava di Sunny. Cercavano Foxfire.

"Tank? Ci sei ancora?"

"Sì. Dammi un momento."

Ci sono persone che rapiscono i mutanti. Johnny ci ha ficcato il naso ed è stato preso. E ora stanno cercando Foxfire. Perché?

Il telefono trilla per un messaggio in arrivo. Lo fisso un secondo prima di rendermi conto di cosa sto guardando.

"Ho pensato che potessi avere bisogno di questo. Sunny." Segue un indirizzo. Non il nome di una via, solo latitudine e longitudine. Nel bene e nel male, la madre di Foxfire è dalla mia parte. Grazie al cazzo per la Regina di La La Land.

"Aspetta" dico "ho un indirizzo." Leggo a Jackson le coordinate.

"Non c'è niente lì" dice Kyle dopo aver digitato ferocemente per qualche secondo. "Oh, aspetta. C'era qualcosa. Un edificio. O alcuni edifici. Ma pare che abbiano aggiornato l'immagine, in modo che non si veda niente."

"Cosa significa?"

"C'è qualcosa che puzza. Che puzza davvero molto" dice Kylie. "Sto guardando."

"Vado" dico loro. "Penso che Foxfire possa essere in pericolo."

"Ci lavoriamo e ci facciamo sentire" promette Jackson prima di riagganciare.

Non vedo l'ora di rimettermi in viaggio, ma prima devo chiamare qualcun altro. Compongo il numero del mio alfa.

"Ehi, Tank, ma che…"

"Ho bisogno di rinforzi" lo interrompo, e mi affretto a riempire lo scioccato silenzio che segue. Garrett sa che non lo interromperei mai senza un buon motivo. "Foxfire è una volpe mutante. Lo era anche suo padre, ed è sparito. I suoi simili non vogliono andarlo a cercare. Dicono che è stato rapito da altri mutanti. Hanno rintracciato il suo odore fino a un magazzino, e Foxfire vuole fare irruzione."

"Rapitori mutanti?"

"Il padre di Foxfire stava facendo delle ricerche su di loro prima di scomparire, un anno fa. Foxfire l'ha scoperto e ora ha intenzione di riprendere da dove si è fermato lui." Deglutisco. Da un secondo all'altro il mio alfa mi interromperà e mi ordinerà di tornare a casa. "So che sembra una follia, ma penso che dovremmo aiutarli. Io lo farò, qualsiasi cosa tu decida." L'atteggiamento di sfida non si addice al mio lupo. Potrei finire cacciato a calci in culo.

"Foxfire è una volpe" dice Garrett lentamente.

"Sì."

"Suo padre è stato rapito."

"Un anno fa. Potrebbe non essere vivo." Sto per dire al mio alfa che devo andare e che gestirò più tardi le conseguenze, ma Garrett impreca.

"Abbiamo avuto a che fare con questi pezzi di merda in

Messico. Qualsiasi cosa tu intenda fare, non ammazzarli tutti."

"Cosa?"

"Porta in salvo la tua donna. Poi chiamami. Aspetta, Amber ha una cosa da dirti."

Mi ci vogliono un paio di secondi per ricordare chi sia Amber. L'amica di Foxfire. La piccola umana a cui Garrett ronzava attorno. Mio padre ha detto che l'ha resa sua compagna.

"Tank" Garrett torna al telefono. "Devi metterti subito in viaggio. Amber è sensitiva e dice che non hai molto tempo. Se non arrivi prima del crepuscolo, Foxfire potrebbe finire nei guai."

CAPITOLO SEDICI

 *oxfire*

A<small>LZO IL BINOCOLO</small> e studio un'altra volta il perimetro della struttura. Sono in cima a un albero e cerco di spiare il complesso da lontano. Siamo su una collina, poco distante. Non è perfetto, ma è il migliore punto di vedetta che sono riuscita a trovare senza avvicinarmi tanto da farmi beccare.

"Nessun movimento" mormoro. Finora il posto si è rivelato piuttosto noioso. Ci sono un po' di automobili, ma sono state ferme lì tutto il giorno, e a parte un paio di guardie che escono di pattuglia a intervalli di qualche ora, non ho visto anima viva.

Nessuno furgone in entrata o in uscita oggi, a differenza di ciò che ha annotato mio padre nel diario. Immagino che sia una cosa di cui essere lieti. Niente furgoni significa niente consegne. Nessun mutante rapito.

Scendo e prendo appunti sul diario di mio padre, riprendendo da dove ha lasciato lui. L'ultimo aggiornamento risale a tantissimo tempo fa. Cerco di non immaginare cosa possa significare.

Sunny è seduta a gambe incrociate davanti a Daisy. Mi aspetto che sia in meditazione, e invece mi sta guardando, la fronte corrugata.

"Non ho ancora visto niente. Vado a fare un giro, vedo se riesco ad avvicinarmi un po'." Ho bisogno di più informazioni, se intendo entrare stanotte.

"Pensi che sia una scelta saggia?"

"Hai un piano migliore?"

Serra le labbra.

"No" dico io prima di sapere cosa sta per dire.

"Tesoro, sul serio, dobbiamo parlare di Tank."

"Non c'è niente di cui parlare. Se n'è andato."

"Sento che stai soffrendo. Significava qualcosa per te."

"Ci siamo incontrati pochi giorni fa." Non posso credere che sia solo da sabato. Ho vissuto diverse vite in questi pochi giorni. "Lo conoscevo appena."

"È preoccupato per te. Ti vuole bene anche lui."

Se mi voleva bene, perché se n'è andato? Ah sì, perché gliel'ho detto io. Perché non è come me. "Non stiamo bene insieme, mamma. Non c'è altro da dire."

"Va bene, cara. Sono sicura che sai quello che dici."

"Sì. Non voglio rivederlo mai più."

Sunny inspira con forza, come se stesse per dire qualcosa.

"Cosa c'è, mamma?"

"Il fatto è che... forse gli ho detto dove siamo."

Lancio una maledizione e guardo il telefono. Non prende molto, quindi risalgo sull'albero. Ovviamente ho un sacco di chiamate perse, alcune di Amber. E un messaggio di Tank.

"Resta dove sei. Sto arrivando. Ho un piano per entrare stanotte. *Non andare da sola.*"

~.~

Tank

AL CREPUSCOLO, raggiungo il complesso. Faccio rallentare la motocicletta e cerco una strada. Ovviamente ce n'è una che taglia tra gli alberi, proprio dove le coordinate indicano l'area nascosta.

Passo oltre e la aggiro, procedendo fuori strada e nascondendo la moto tra gli alberi.

Controllo il telefono per vedere se ci sono messaggi di Foxfire. Niente. Le ho detto che avevo un piano, ma era un bluff. Il mio piano non è tanto meglio del suo: intrufolarsi nella struttura e curiosare in giro. L'unica differenza è che preferisco mettere in pericolo me stesso piuttosto che lei.

Poi chiamo Jackson e Kylie.

"Tank?" risponde Kylie.

"Ci sono" dico sottovoce. "Sono a circa mezzo chilometro dal complesso, in mezzo al bosco."

"Bene. Stai fermo. Sam sta arrivando in aiuto. Dovrebbe arrivare adesso alle tue coordinate."

Mi guardo attorno nel bosco buio. "Come fai a sapere le mie coordinate?"

"Ti ho hackerato il telefono" dice con impazienza. "Dovrebbe arrivare da un minuto all'altro. Può aiutarti a entrare e recuperare i dati che mi servono."

"Cosa..." inizio a dire, ma poi ruoto su me stesso sentendo un leggerissimo rumore a qualche decina di metri alla mia destra. Prima di vederlo, ne sento l'odore.

"Arrivato" dico a Kylie.

"Ti spiegherà tutto lui. Non chiamarmi più, a meno che tu non abbia un telefono non tracciabile." Riaggancia.

"Sam."

Sam è un lupo giovane che lavora come barista all'Eclipse, ma non è un membro in tutto e per tutto del branco di Garrett, perché è legato a Jackson, che è un lupo solitario.

"Tank." Mi saluta con un cenno della testa, senza guardarmi direttamente negli occhi. Sono più dominante di lui. Se ricordo bene la storia, Jackson l'ha trovato quando era un adolescente in fuga. L'ha incontrato su una montagna sotto sembianze di lupo, mentre correva libero. Era rimasto così per mesi. Se Jackson non gli avesse dato la caccia e non l'avesse costretto a tramutarsi, Sam avrebbe perso per sempre il suo lato umano. Comunque è ancora un solitario. Intelligente, ma gli resta addosso, anche quando è in mezzo a una folla. Sono sorpreso che Kylie abbia mandato lui. Di solito i lupi più dominanti sono migliori nel combattimento.

"Kylie dice che tu conosci il piano."

Annuisce. "L'hanno elaborato Jackson e Garrett."

"Garrett?"

"Ha chiamato dopo che l'hai sentito. Hanno escogitato tutto e hanno mandato me."

Sam doveva trovarsi stato più vicino di me, per arrivare così velocemente. Non spreco tempo a chiederglielo.

"Cosa facciamo?"

"C'è un edificio principale. Aspettiamo fino alle nove e poi entriamo facendo un buco nella recinzione. Ho dei tagliabulloni. Tu cerchi possibili mutanti prigionieri mentre io entro nella rete e installo un programma talpa in modo che Kyle possa accedere al loro sistema."

"Sai farlo?"

"Vivo con Jackson King."

"Giusto." Gli tendo la mano. "Ho bisogno del tuo telefono non tracciabile."

~.~

FOXFIRE

DOPO IL TRAMONTO, la temperatura cala di brutto. Vorrei aver pensato a prendere altro oltre a barrette di muesli.

Qualcosa vibra e mi fa sobbalzare. Il telefono è spento per risparmiare la batteria. Mia madre mi porge il suo.

"È Tank."

Sospiro ma accetto. Il fatto che il suo cellulare prenda in questa zona è un piccolo miracolo.

"Cosa vuoi?"

"Dove sei?"

"Mia madre te l'ha già detto, no? Hai un buon naso. Lo capirai. Anzi" aggiungo poi frettolosamente "non ci provare. Non voglio vederti."

"Hai sempre intenzione di entrare?"

"Là dentro potrebbe esserci mio padre. O boh, magari no. Potrebbe essere morto. Non sono un'ingenua. Voglio solo delle risposte."

"Te le darò. Tra un'ora farò irruzione nel complesso."

Stringo il telefono. "Davvero?"

"Sì, abbiamo un piano. Sono con un altro mutante, un hacker. Sa come accedere ai loro file. Entrerò e starò di guardia mentre lui hackera il sistema. Cercherò tuo padre."

"Se c'è, lo libererai?"

"Certo."

"Perché?"

"Perché è tuo padre. Ho chiamato il branco. Gliel'ho detto…"

"Hai chiamato il branco?" Il mio cuore batte più forte.

"Sì."

Non ci posso credere. Ha chiamato il branco per me.

"Devi prendere tua madre e andartene di qui. Foxfire, dico sul serio. Ho bisogno che tu stia in un posto sicuro."

"Sono al sicuro."

"Sei in un furgoncino VW dipinto di viola sgargiante con fiori gialli."

"A dire il vero è giallo con fiori viola."

"Foxfire…"

"Va bene, va bene, ti prometto che me ne starò al sicuro."

"Promettimi che non tenterai di entrare nel complesso."

"No. Starò ben distante. Però… Tank?"

"Sì, tesoro?"

"Stai attento. Ok?"

"Tesoro…" dice sottovoce, poi riaggancia.

CAPITOLO DICIASSETTE

È buio pesto quando io e Sam arriviamo all'alta rete sormontata da filo spinato che circonda la struttura. Ci sono un paio di edifici minori, ma le due auto nel parcheggio di terra battuta sono appostate a ridosso di quello principale.

"È lì che si trova la stanza del server" spiega Sam.

"Come fai a saperlo?"

"Kylie ha hackerato il satellite per avere le immagini aggiornate."

La inserisco mentalmente nella lista delle persone a cui *non fare mai girare le palle* e mi accuccio in attesa. C'è una guardiola con qualche guardia armata di fucili automatici, per impedire che nessuno acceda dalla strada. La misura di sicurezza principale consiste nel non apparire sulle mappe. L'errore: la sorte dalla nostra.

Cerco di annusare per bene il posto. Sa di mutanti, ma

non di un tipo solo. Lupo e qualcun altro che non conosco. Non volpi.

Due uomini escono dall'edificio e vanno alle macchine.

Sam ci ha portato delle armi: pistole nere dalla forma strana. "Tranquillante" mi dice. "Garrett non vuole che muoia nessuno." Ci appoggio sopra la mano mentre aspettiamo.

"Va bene" dice Sam, quando l'ultima auto passa oltre il cancello sorvegliato. Strisciamo verso il retro del complesso e si infila dei guanti per usare la taglia-bulloni.

"Aspetta." Indico un cartello che segnala la presenza di energia elettrica.

"È disattivata" dice Sam. "Non so bene perché. Probabilmente era stata messa per tenere dentro i mutanti, piuttosto che fuori."

"Forse adesso non c'è nessuno da tenere dentro." Spero che non sia vero. Non sarebbe di buon auspicio, per il padre di Foxfire.

Strisciamo attraverso il piccolo buco che Sam ha tagliato. Lo richiude alle nostre spalle, in modo che le guardie non notino l'intrusione. Da lì è una breve corsa fino al retro dell'edificio principale. L'odore di mutanti è molto più forte qui e si mescola a una miriade di altri: candeggina, prodotti chimici e detergenti liquidi. Poi altri aromi più oscuri: sangue, pelo, paura.

Nascosti dal buio, raggiungiamo la porta. Sto di vedetta mentre Sam si accuccia per manomettere la serratura. Lo fermo prima che apra.

"Allarme?"

Sam scuote la testa. "Pensano che sia sicuro."

Trattengo il fiato mentre spinge la porta, ma non si innesca niente. "Va bene. Fai veloce. Trova la stanza del server."

Seguiamo i nostri nasi lungo un corridoio puzzolente. I

forti detergenti usati per tenere pulito il posto mi intorpidiscono quasi il naso, ma Sam sembra sapere dove va. Lo seguo, cercando di memorizzare svolte varie finché non arriviamo a un silenzioso ufficio pieno di macchinari spenti.

"Ecco." Avvicina una sedia a un computer. "Ci metto pochi minuti."

Io resto alla porta, di vedetta. Le guardie dovrebbero pattugliare regolarmente questo posto. La mia speranza è che siano soddisfatte. Per il momento lo sono. Non sarei contento di incappare in uno scontro a fuoco. Le nostre armi potrebbero non essere all'altezza. Soprattutto se questi qui sono abituati ad avere la meglio sui mutanti.

Il viso di Sam è illuminato in modo inquietante dallo schermo.

"Quanto ci vuole ancora?" chiedo.

"Sono entrato. Dieci minuti."

Il tempo che basta per perlustrare l'edificio e vedere se c'è Johnny. "Torno subito."

Imbocco di soppiatto il corridoio, seguendo il naso a ogni svolta. C'è un odore decisamente animale che neanche gli antisettici riescono a mascherare. Il genere di mutante non lo so dire.

Raggiungo una scala e apro la porta. L'odore di mutante mi colpisce in pieno, insieme al puzzo di sangue e merda. Respirando dalla bocca, scendo le scale. I brividi mi percorrono la schiena mentre entro nello scantinato. Ci sono grosse gabbie da entrambi i lati. L'odore è ancora più forte. È qui che celano i loro segreti.

Una volta entrato, percorro avanti e indietro le file di gabbie vuote. Ci sono diverse stanze separate che le contengono, ciascuna con un odore diverso. Mutanti differenti, immagino. Ogni stanza è disposta a ventaglio rispetto alla centrale, che consiste in un laboratorio pieno di provette, computer e tavoli con grosse cinghie. L'odore di paura qui è più forte. Mi sale un conato dallo stomaco e torno indietro.

Ancora un giro del posto e raggiungo una parete con delle porticine che conducono a celle. Guardo all'interno di ciascuna, affidandomi al naso per capire se qualcuna sia abitata. In fondo ce ne sono alcune senza finestrella. Sto quasi per saltarle, quando con il piede vado a sbattere contro a una scrivania e la console si accende. Sullo schermo appare una stanza buia. È la videocamera puntata in una delle celle. Mentre guardo, delle ombre si muovono. Nell'oscurità brillano due occhi.

C'è solo una creatura qua dentro, oltre a me. Un mutante. Un prigioniero.

Vado alla porta e busso. "Ehi. C'è nessuno di vivo lì?"

Aspetto qualche minuto. Niente. Devo tornare da Sam. Sto per andarmene, quando un ringhio mette in allerta il mio lupo.

"Chi vuole saperlo?" chiede una voce profonda.

"Sono un amico. Sto cercando una volpe mutante. Il padre della mia compagna."

"Sei un prigioniero o uno di loro?"

"Nessuno dei due. Sono qui per tirarvi fuori." È la verità. Il piano è fare una ricognizione e aspettare che il branco provveda al salvataggio vero e proprio nel giro delle prossime notti. "Libereremo te e chiunque altro presente. Lo giuro sulla vita della mia compagna."

"Sei qui per Johnny?"

"Lo conosci?"

"Tirami fuori e ti porto da lui."

Accidenti. Non è questo il piano. "La tua porta ha un allarme?"

"Non più. Non sono più la minaccia di un tempo."

O la va o la spacca. Studio la porta. Potrei cercare di

abbatterla con un calcio, ma probabilmente è costruita in modo tale da resistere alla forza dei mutanti. "Aspetta" mormoro scardinando la porta e indietreggiando quando si apre.

"Sono armato" dico, mentre il prigioniero esce.

"Non sono una minaccia" ringhia il mutante. È grande ma emaciato; le costole sporgono sotto la pelle. Ha un odore intenso e fumoso.

"Che animale sei?"

"Non mi senti, lupo?" Gira la testa e mi rivolge un'occhiata potente. Occhi dorati dalla piccola pupilla nera. Un leone.

Riconosco il tatuaggio sulla spalla.

"Forze speciali?"

Annuisce.

"Da quanto sei qui?"

Una pausa e poi una risata orribile. Se fossi in forma di lupo, la pelliccia mi si rizzerebbe sulla schiena. "Troppo. Decisamente troppo."

"Non abbiamo molto tempo."

"Da questa parte."

Lo seguo in cima alle scale, le orecchie tese verso il minimo rumore. Il corridoio superiore è buio e silenzioso come non mai.

"Cosa cazzo facevano qua dentro?" mormoro mentre passiamo accanto a un altro laboratorio.

"Esperimenti sui mutanti" dice il leone torturato. "Sono ossessionati dalle linee di sangue. A volte…" Inclina la testa di lato come a ricordare qualcosa. "A volte" mormora quasi tra sé e sé "li fanno accoppiare."

Mantengo le distanze mentre svoltiamo in un altro corridoio. Non serve essere uno strizzacervelli per capire che questo qua è matto.

"Qui dentro" dice. Il mio lupo mi fa aspettare che lui si tiri indietro per varcare la soglia.

Nella stanza non c'è nessuno. Solo una grossa scatola bianca e odore di cenere e morte.

"Cremazione" dice la mia guida con voce roca. "Ecco come si sbarazzano delle prove. Vuoi trovare Johnny? È là dentro." E ride ancora.

Mi tiro indietro, lo stomaco che si contorce con un suono orrendo.

Il leone mutante mi salta addosso e mi manda a sbattere con la testa contro al muro. Cado in ginocchio, frastornato. Quando mi rimetto in equilibrio, il leone è sparito.

Merda.

Corro verso Sam. Non è più al computer ma vicino alla parete. "Dobbiamo andare."

Si alza e corre al tavolo per prendere gli strumenti. "Cosa ti è successo?"

Mi asciugo la faccia. Ho il naso che sanguina.

"Ho trovato un prigioniero e l'ho liberato. Dobbiamo andare, subito."

Il prigioniero potrebbe essere abbastanza sveglio da scappare, ma potrebbe anche non curarsi di disattivare gli allarmi.

E infatti, mentre sfrecciamo lungo il corridoio, le luci inondano l'edificio. Gli allarmi suonano.

"Merda."

"Andiamo." Sam mi afferra e mi tira da una parte. Mentre corriamo, si sentono delle grida dall'esterno.

"Cosa facciamo? Siamo circondati."

"Piano B" dice Sam con tono truce. Mi spinge contro al muro e si schiaccia contro di me. "Preparati."

"Che c…"

Un'esplosione scuote l'edificio.

~.~

Foxfire

"Foxfire," chiama mia madre, dalla sua cuccetta sopra a Daisy. "Sta succedendo qualcosa."

"Che cosa?" chiedo, ma appena mi metto dritta sul sedile, sporgendomi dalla portiera, vedo con i miei occhi. Dei fari illuminano il complesso e suona l'allarme. "Oh no."

"Che succede?"

"Guai" dico. "Con la G maiuscola."

~.~

Tank

"Che cazzo è stato?" grido, mentre l'esplosione ancora mi riecheggia nelle orecchie. Si attivano i getti antincendio mentre corriamo lungo il corridoio scivoloso.

"Piano B." Sam non spiega altro.

"Hai messo una bomba?"

"Nel caso in cui avessimo avuto bisogno di un diversivo." La sua calma è inquietante. Eppure è un mutante magrolino e dall'aspetto mite, a parte i piercing e i tatuaggi. Ma negli occhi ha un luccichio che non mi piace.

"Andiamo." Corro verso la porta in fondo al corridoio. Se

siamo fortunati, le guardie saranno abbastanza distratte da consentirci di scappare.

Ma quando metto fuori la testa, le luci ruotano dalla mia parte.

"Merda."

"Da questa parte. C'è un'altra uscita."

"Come fai a saperlo?"

Sam mi spinge avanti. "Ci sono già stato."

Non ho tempo per il vortice di *eccheccazzo* che mi ruota nel cervello.

Altre grida risuonano nell'edificio. Le guardie sono entrate e ora comincia la partita a nascondino.

Ci infiliamo in una stanza che sembra un normale ufficio.

Mi accuccio dietro a una scrivania, mormorando parolacce e imprecazioni. Sam si abbassa accanto a me; un'oasi di calma.

"Altri dieci secondi e poi corriamo di là." Indica una finestra con un cenno della testa.

Lo fisso.

"Tieniti pronto" mi dice, e io tendo i muscoli.

Ed ecco un'altra esplosione che squarcia l'edificio, stavolta più forte, tanto da far tremare il pavimento. Sam scatta e mi supera. Lo seguo, lo supero e mi lancio con i piedi in avanti verso il vetro, che si infrange per l'impatto del mio peso in volo. Rotolo sul prato, Sam subito dietro di me. Ci alziamo e corriamo verso la rete, ma prima che arriviamo le guardie ci scorgono e si mettono a gridare. Ci acquattiamo addosso alla parete laterale di un piccolo edificio secondario prima che la mitragliatrice inizi a sparare a raffica nella nostra direzione.

"Merda" dice Sam. "Hanno riattivato l'elettricità."

Infatti il metallo sfrigola, carico di energia elettrica, probabilmente sufficiente a far perdere i sensi a un mutante.

"Lì." Sam indica un buco nella rete: il metallo squarciato.

Ringrazio tacitamente il leone che ho liberato prima. Certo, era pazzo. Ma sto iniziando a temere che Sam potrebbe dargli del filo da torcere.

"Ci arriviamo se riusciamo a distrarli. Hai altro esplosivo?"

Sam scuote la testa.

Sento le guardie avvicinarsi e porto la mano alla pistola. Spero solo che non sparino con l'intento di uccidere. O che, se ci cattureranno, il branco sia vicino.

Sto per scattare fuori e mettere in piedi la mia ultima difesa, quando qualcosa fischia e scoppietta sopra alle nostre teste. Io e Sam ci abbassiamo, preparandoci a un'altra esplosione. Ma invece di uno scoppio devastante, il cielo si illumina di fuochi colorati.

Fuochi d'artificio. Bellissimi e sonori fuochi d'artificio che esplodono sopra la torre di guardia. Una distrazione perfetta.

"Foxfire" sussurro, poi afferro Sam e lo spingo attraverso il buco nella rete, in direzione della libertà.

~.~

Foxfire

SOPRA DI ME esplodono luci verdi.

"Un po' troppo vicini per i miei gusti" grida Sunny. La ignoro, accendendone altri tre e lanciandoli nel cielo della notte. Esplodono in uno spettacolo di bianco, rosso e blu. Un po' presto per il Quattro luglio. Forse è per questo che il tipo dietro al bancone mi ha guardato come una pazza quando ho comprato la confezione intera.

"Che patriottica!" cinguetta Sunny deliziata.

Il complesso è in pieno allarme rosso. Luci, sirene, spari.

Speriamo che il diversivo basti. Dobbiamo solo farli incazzare tutti e andarcene prima che qualcuno venga a cercarci.

"Questo è grosso." Sunny me ne porge un altro. Mi siedo più distante, accendo la miccia e corro via.

Un fischio, e il cielo si illumina di una pioggia viola.

~.~

Tank

IO E SAM corriamo su per la collina. Le luci e gli allarmi sono ancora alle nostre spalle, insieme a tanti razzi segnaletici da farmi temere che Foxfire non riesca a scappare in tempo. Delle guardie ci stanno inseguendo. Alcuni proiettili hanno fatto saltare la terra dietro di noi prima che prendessimo la via del bosco, ma gli altri potrebbero essere alle calcagna della mia compagna e di sua madre.

"Dove stiamo andando?" grido a Sam, e vado quasi a sbattere contro a un macigno enorme.

"Qui." Sam si abbassa e tira fuori la rete mimetica che copre il nostro veicolo di fuga.

Il nostro elicottero di fuga, diciamo.

"Entra." Sam si allaccia la cintura al posto di guida.

"Hai un cazzo di elicottero?"

"È di Jackson. Kylie l'ha trovato e ha pensato che sarebbe stato fico." Accende i comandi. "A dire il vero è un Bell 222, ma l'abbiamo convertito in modalità silenziata." Sorride. Uno sguardo spaventoso. "Lo chiamo il Lupo volante."

~.~

FOXFIRE

SPARO IN ARIA gli ultimi fuochi che ci restano e corro verso il furgoncino.

"Chiudi le portiere" grido a Sunny. "Dobbiamo muoverci."

Il piccolo bus stride mentre parto dal nascondiglio, dall'altra parte della strada. Superiamo il complesso, ancora illuminato e pieno di caos. Spero.

"Dai, dai" sussurro al furgoncino, che arranca su per la collina.

"Foxfire, dobbiamo andare più veloci" mi dice Sunny. "Penso ci abbiano viste."

Infatti una carovana di jeep nere ci sta inseguendo. Ne incrociamo una che risale la strada nel senso opposto. Fa inversione e ci segue anche quella.

"Tieniti forte!" Premo del tutto l'acceleratore. Daisy sfreccia in discesa, sobbalzando e vibrando mentre va più veloce che mai.

Ma non basta. Le guardie si sono sporte dai finestrini della jeep con delle pistole in mano.

E ci mirano.

~.~

Tank

"Più giù" grido a Sam. Voliamo sopra alla strada, i fanali illuminano la scena sottostante.

"Non posso" dice Sam. "Hanno delle pistole."

"Più giù, dannazione." Foxfire e la madre sono nel furgoncino. Sono in pericolo. Ha rischiato la vita accendendo i fuochi d'artificio.

"Cosa intendi fare? Saltare su una jeep?"

"Se devo."

"Non le avvicineranno mai. Tieniti forte."

"Vaffanculo." Mi alzo dal sedile, mettendomi in equilibrio mentre l'elicottero scende.

"Non succederà niente" mi calma Sam. Gli squarcerei la gola se non stesse guidando l'elicottero. "Abbiamo i rinforzi."

"Cosa?"

Si sentono risuonare degli spari sotto di noi. Grido e guardo il piccolo bus VW dall'alto, inerme.

Ma Foxfire e la madre non rallentano. Le jeep invece scivolano sull'asfalto. Alcune virano fuori strada, altre sobbalzano e si fermano, bloccando la statale. L'ultimo veicolo ci va a sbattere contro.

"Che sta succedendo?"

"Te l'ho detto" dice Sam. "I rinforzi."

Poi lo sento. Il rombo delle motociclette. Una alla volta, sfrecciano fuori dal nascondiglio da dove hanno teso l'imboscata. Passano facilmente tra lo sfacelo di auto. Altri spari, ma le motociclette procedono illese. Sfrecciano lungo la strada e circondano il VW.

Sam vi vola al di sopra; i fari illuminano un po' di caschi, inclusi due rossi. Jared e Trey sono stati ridicolizzati impietosamente per aver scelto quei colori. Chiudono la carovana, scortando il piccolo bus. Alla guida del branco c'è una grossa Harley. Sam scende un po' con l'elicottero e Garrett alza il pugno in segno di saluto. Il resto del branco fa lo stesso, e anche se non possono vederci anche io e Sam alziamo i pugni, per poi sfrecciare di nuovo su e coprire il branco, mentre loro proteggono la mia piccola e la riportano a casa.

CAPITOLO DICIOTTO

Arrivo al motel lungo la strada attorno a mezzanotte. Il branco è già lì, come anche il furgoncino VW, nascosto dietro all'edificio.

Sam mi fa scendere e poi si allontana con l'elicottero per non dare nell'occhio. Buona idea. Scommetto che né Jackson né tantomeno il mio alfa saranno contenti di sapere dello scherzetto della bomba che ha tirato fuori.

Il primo a venirmi a salutare è Garrett. L'alfa mi stringe in un abbraccio e ci diamo reciprocamente delle pacche sulle spalle.

"Dovrei prenderti a botte" ringhia. "Non me ne frega niente dei piani degli hacker: la prossima volta aspetti il branco."

"Dovevo entrare. Altrimenti l'avrebbe fatto Foxfire."

Garrett sbuffa.

"Dov'è?"

"Rintanata in una stanza con Amber e la madre. Serata fra donne o qualcosa del genere. Con tutta l'adrenalina che hanno avuto addosso un'ora fa, scommetto che adesso sono collassate."

"Speravo di parlarle." Se vorrà vedermi.

"Domattina. Abbiamo delle novità." Garrett mi accompagna in un'altra stanza del motel.

"Ehi, amico." Jared e Trey mi salutano con due abbracci. I maschi umani probabilmente non hanno tutto questo contatto fisico, ma i mutanti sì. "Dov'è Sam?"

"Va a imboscare l'elicottero da qualche parte. A quanto pare non è molto legale."

"Neanche far esplodere fuochi d'artificio nello Utah quando non è il Quattro luglio" dice Trey. "Non so neanche dove si comprano."

Resto in silenzio. Non sottovaluterei Foxfire quando si tratta di contrabbando. E neanche sua madre. Me le immagino, tutte e due lì a flirtare con un povero negoziante per convincerlo a venderglieli. E vorrei affondare i denti nella carne di questo tizio immaginario.

"La polizia è al complesso ora. Non mi sorprenderebbe che venisse messo sotto sequestro e si avviasse un'indagine."

"Siamo nei guai?" Ci sono abbastanza mutanti nel governo da poter organizzare un colpo di stato.

"Penso che Sam abbia fatto saltare per aria tutte le prove. Kylie è riuscita a estrarre la maggior parte dei dati in tempo. Lei e Jackson li stanno analizzando adesso. Ne sapremo di più domattina." Garrett si siede sul letto. Trey e Jared mi lanciano una confezione di cibo, ma sono troppo teso per mangiare, quindi prendo una bottiglietta e mi scolo quella.

"Kylie voleva farti sapere che ha eliminato la ricompensa messa per Foxfire. Ha hackerato l'account. C'erano anche altre vecchie ricompense, per gente negli Stati Uniti e in Canada. Pensiamo che fossero tutti mutanti."

Aggiorno tutti su quello che ho visto nel complesso, inclusa la descrizione del leone mutante. "Qualcuno sta rapendo i mutanti per farci degli esperimenti. Ma perché?" chiedo.

"Non lo sappiamo. Ma lo scopriremo" dice Garrett. "Jackson ci ha chiamati dopo che ti ho detto della visione di Amber. È lì che ho chiamato a raccolta il branco e ho chiesto se Kylie poteva hackerargli il sistema" spiega Garrett. "Avevamo bisogno dei dati. Pensiamo che questa operazione sia collegata a quella in Messico in cui si è trovata invischiata mia sorella."

"Cos'avete scoperto in Messico?" chiedo.

"Niente" si intromette Jared. "Non abbiamo potuto interrogare nessuno, perché Garrett li ha fatti fuori tutti."

"Ci avevano tenuti prigionieri. E la mia compagna era rimasta senza protezione" spiega Garrett. Non sembra per niente pentito.

"Beh, stavolta abbiamo fatto le cose per bene. O almeno per metà, se siamo riusciti a estrarre i dati prima dell'esplosione" dice Trey.

Scuoto la testa. "Sam è pazzo, cazzo."

Trey e Jared sembrano curiosi, ma non elaboro. Sam avrà anche disobbedito agli ordini, ma alla fine ha funzionato. Non mi spiace che quel posto sia andato a fuoco. Anche se mi è quasi costato la vita. E così sarebbe andata, senza il diversivo dei fuochi d'artificio.

Mi stacco dal comò e vado verso la porta. Voglio vedere Foxfire. Anzi, ne ho bisogno.

"Tank" mi chiama il mio alfa.

Trey e Jared si alzano e, con uno sguardo d'intesa, escono dalla stanza.

"Chi è Foxfire per te?"

"È la mia compagna."

"Sei sicuro?" Incrocia le braccia sul petto. Probabilmente si dimostra protettivo perché Foxfire è l'amica della sua compagna, ma mi irrigidisco comunque.

"L'ho marchiata" dico in un mezzo ringhio. "È mia." Il mio lupo ha il pelo dritto sul collo.

Garrett mi scruta e poi annuisce. "Dormi un po'. Parleremo meglio domattina."

"Dov'è Foxfire?" Il mio lupo non riposerà fino a che non saprà che è al sicuro.

Le spalle di Garrett si rilassano un poco.

"Te l'ho già detto. Serata tra donne. Sono sotto sorveglianza."

"Faccio un turno io."

"No, tu vai a dormire" dice Garrett con tono imperioso da alfa. "Entro domattina dovremmo saperne di più sul mercato nero di mutanti rapiti. Avrò bisogno del mio beta al meglio della forma. Come Foxfire."

Nonostante gli ordini del mio alfa, cammino davanti alla stanza di Foxfire per qualche minuto. Sento il suo odore attraverso la porta, oltre i due lupi che Garrett ha messo di guardia.

"Sta bene." Trey mi mette una mano sulla spalla.

Sono così teso che potrei scattare.

"Lei e Amber hanno chiacchierato, ma è da un po' che non si sentono rumori. Penso siano crollate."

"Dovrei lasciarle dormire" dico, più che altro a me stesso. Una parte di me lo sa, ma l'altra non sarà contenta fino a che non avrò la mia compagna tra le braccia.

Se mi permetterà di stringerla.

"Sarà meglio per lei" conferma Trey. E così è deciso. Vado nella mia stanza e crollo sul letto.

~.~

Tank

"Ho NOTIZIE SIA BUONE SIA CATTIVE" dice Kylie in vivavoce sul telefono di Garrett.

"Va bene, spara." Garrett si china in avanti sul letto, appoggiando i gomiti sulle ginocchia. Io, Jared e Trey siamo attorno al telefono, pronti a sentire cos'hanno scoperto Kylie e Jackson. Ho controllato la stanza di Foxfire prima di venire qui, ma le donne sono ancora addormentate. Sono sempre ansioso e desideroso di vedere Foxfire.

"La buona notizia è che, a tutt'oggi, l'intero complesso è stato chiuso. Le forze dell'ordine umane lo stanno perquisendo per le bombe e gli spari. Hanno trovato prove di tortura su prigionieri, come anche il crematorio dove il laboratorio distruggeva le prove. Per un nel po', nessuno tornerà là dentro a continuare il lavoro."

"Questa è una buona notizia" dice Garrett. "E i file?"

"Prima che i federali arrivassero, li avevamo prelevati tutti, incluso il programma talpa. Non troveranno niente che possa farli risalire all'esistenza dei mutanti."

Ci rilassiamo. L'ultima cosa di cui abbiamo bisogno è un ramo del governo che indaga su di noi.

"Io e Kylie abbiamo passato tutta la notte a scartabellarli" dice Jackson. "Da quello che possiamo dire, si tratta di un'operazione che va avanti da diversi anni, sostenuta da un sacco di soldi. Una corporazione nascosta. Continueremo a seguire la pista. Ma pensiamo che possa essere collegata al mercato nero di mutanti in Messico. C'erano finanziamenti provenienti da conti internazionali."

Un ringhio rimbomba nel petto di Garrett, riecheggiato da Trey e Jared. "Teneteci aggiornati" dice il mio alfa. "Prima troviamo questa gente, e prima li possiamo fare fuori."

"Ci sono prove sui mutanti prigionieri?"

Una pausa. "Purtroppo sì" dice Jackson. "Questi bastardi tenevano numerosi appunti dei loro cosiddetti esperimenti. Stavano compilando un database di DNA, con ogni tipo di mutante rappresentato."

"E che mi dici di volpi mutanti?" chiedo, prima che qualcun altro possa parlare.

"Solo uno. Un certo Johnny Red. La sua cartella era collegata a Foxfire Hines, con un appunto in cui si diceva di catturarla." Jackson si schiarisce la gola e mi rendo conto che il mio lupo sta ringhiando.

"Mi spiace." La voce di Kylie torna al telefono, carica di comprensione. "Il suo file era etichettato come *deceduto*."

Dannazione. Dovrò dare la notizia a Foxfire.

"A quel che ho letto, volevano Foxfire perché figlia di un mutante e di un'umana. L'intera operazione consiste nell'allevare nuovi mutanti che non siano *difettosi*, qualsiasi cosa ciò significhi."

"Significa che possono sempre tramutarsi" spiega Garrett. "I tassi dei mutanti stanno calando perché le nascite sono basse. Alcuni branchi bandiscono le relazioni umano-mutante, perché credono che così le linee di sangue vengano diluite. Ci sono sempre più bambini che nascono senza l'animale."

"Quindi, quando hanno scoperto che Johnny aveva una figlia, hanno deciso di portarla dentro" dico. "Ma l'unico collegamento che avevano era Sunny. Quindi sono andati prima da lei."

"Kylie ha già cancellato la posta sulla testa di Foxfire, ma la ragazza potrebbe essere ancora in pericolo. Come sua madre" aggiunge Jackson.

"Manderemo qualcuno del branco di mio padre a prendere il furgoncino di Sunny. Lo portiamo nel territorio del branco, fino a che non saremo certi che è al sicuro" mi assicura Garrett.

Dei rumori esterni ci interrompono. Il lupo di guardia sta impedendo a qualcuno di entrare nella stanza.

"Ma sono la sua compagna." La voce di Amber si alza.

Garrett balza in piedi in un lampo e va alla porta. "Lasciala entrare" ordina.

Un momento dopo, l'umana entra in fretta e furia. "Dov'è?" Passa oltre il mio alfa e si porta davanti a me. "Ma che cavolo di problemi hai?"

"Prego?"

"Hai ferito Foxfire!" mi grida dritto in faccia. "Si stava riprendendo dopo la rottura con l'ex. Non aveva certo bisogno che giocassi con i suoi sentimenti mentre stava gestendo i problemi della sua famiglia!"

Mi alzo in piedi. "Eh?!" *Che cazzo di problemi ha Foxfire?*

Sapevo che dovevo vederla ieri notte.

"Che succede, Amber?" ringhia Garrett, portandosi protettivo accanto a lei.

"L'ha marchiata senza chiederglielo e poi è sparito!"

"È la mia compagna" dico con impeto. "E non sono sparito ..." Fanculo tutto. Devo delle spiegazioni a Foxfire, non a questi idioti. "Dov'è?"

"Se ne sta andando" risponde secca Amber.

"Cosa?"

"Le hai detto qualcosa. L'hai marchiata e poi hai rifiutato di dire che era tua perché i mutanti non si mescolano. Pensa che non la vuoi."

Barcollo all'indietro come se mi avessero dato un pugno.

Amber non sembra notarlo. "Dice che si trasferisce." Amber si aggrappa a Garrett, guardandolo con grandi occhi blu. "È tutta agitata perché non vuole creare problemi al branco, qualsiasi cosa significhi."

"Dov'è?" Sono già quasi alla porta.

"Via. È diretta a Tucson. Ho cercato di fermarla ma..."

Corro fuori. E ovviamente nel parcheggio non c'è più il furgoncino VW.

"Tank?" Trey è al mio fianco. Lo spingo via.

"Devo andare."

"Tank..." Garrett è sulla soglia, Amber al suo fianco.

"Dichiaro Foxfire Hines mia compagna" dico con voce tonante, in modo che tutti mi sentano. Prenderò un megafono se serve. O pagherò Sam perché se ne voli per il mondo con uno striscione.

"Cosa intendi fare?" chiede Amber. Non sembra più arrabbiata. È sollevata. Donne. Pazze.

"Vado ad assicurarmi che sappia di essere mia." Mi rivolgo a Garrett. "Ho la tua benedizione?"

Le labbra di Garrett si piegano. "Ne hai bisogno?"

"No" gli rispondo. "Foxfire è mia, che sia il benvenuto nel branco dopo questa storia o no."

Il mio alfa tira a sé la sua compagna. "Foxfire è la benvenuta nel nostro branco. Vai a prendere la tua compagna."

"Ecco." Trey mi lancia le chiavi.

Il resto del branco esulta e grida mentre corro verso la moto.

CAPITOLO DICIANNOVE

oxfire

"SEI SICURA, AMORE MIO?" Sunny è in piedi sulla soglia, la fronte corrugata, una tazza di tè verde in mano. Per tutto il viaggio fino a casa non ha fatto che mordersi il labbro lanciandomi occhiate preoccupate.

Appena arrivata alla mia casetta di Tucson, ho iniziato a fare le valige. Ho lo stomaco tutto annodato e fatico a non piangere, ma devo andarmene da questo cavolo di posto.

"Sicura. Posso lavorare ovunque." Apro il cassetto della biancheria intima e butto tutto in valigia.

"Penso solo che dovresti parlargli."

Fatto, parlato, rifiutata. Non sono fatta per il mondo di Tank. E gli voglio abbastanza bene da non volergli rovinare la posizione nel branco. Quindi sì, mi parrà pure di essermi strappata il cuore dal petto per gettarlo nell'immondizia, ma è quello che devo fare.

Il rombo di una motocicletta mi fa alzare la testa di scatto. Oh Dio, no. Se lo vedo, non riuscirò a essere forte.

"Vado solo a vedere chi è." Sunny corre fuori.

So chi è, ancora prima di sentirne l'odore.

Scapperei, ma mi può prendere. E la mia volpe non vuole lasciarlo. È ubriaca di succo di Tank. Fattissima di amore lupesco. Vabbè.

Il grosso lupo smonta dalla Harley e risale il mio vialetto come fosse casa sua. Lo guardo dalla finestra, le braccia incrociate sul petto. Non cederò tanto facilmente.

"Tank, che piacere ricevere la tua visita" cinguetta mia madre.

"Sunny" dice. "Dov'è Foxfire?"

"Nella sua stanza. Sta facendo le valige" aggiunge mia madre in un sussurro.

Sento passi pesanti venire verso di me. Quando Tank appare sulla soglia, mi toglie il fiato. È così grande da riempire la porta. Mi ero dimenticata di quanto fosse sexy.

"Foxfire."

"Tank." Tengo la mia posizione, ma vorrei corrergli incontro e arrampicarmi sul suo corpo come su un albero.

"Dobbiamo parlare."

"Senti, non rendiamo le cose difficili. So che non vado bene per…"

"Tesoro?" mi chiama Sunny dall'altra stanza. "Uno degli amici di Tank è appena arrivato con la roulotte. Vado con lui, ok?"

"Ok, mamma" le rispondo.

Prima che la porta di casa si chiuda, Tank si sta già muovendo.

"So che non siamo fatti per stare insieme…" Non riesco a finire la frase, perché mi sta baciando. Mi solleva tra le sue braccia, gli stringo le gambe attorno alla vita. Le sue labbra si avvinghiano alle mie, succhiandole, divorandole. Dei gemiti di desiderio mi salgono dalla gola. Gli sollevo la maglietta mentre mi porta verso il letto.

"Aspetta, aspetta" dico mentre mi posa giù. "Sono ancora arrabbiata con te." Più ferita, diciamo, e in disperato bisogno. E non voglio sentirmi così mai più, perché il dolore mi fa male da morire.

"Lo so." Si inginocchia accanto al letto. Mi sfila i jeans e porta subito la bocca sulle mie parti intime. A quanto pare sono incapace di protestare.

Le mie gambe scalciano e poi si stringono attorno alla sua testa mentre mi penetra con la lingua. Alzo il bacino dal letto.

"Co-cosa stai facendo?"

"Ti sto mostrando a chi appartieni, tesoro."

Mi muovo contro alla sua bocca, lo prendo per le orecchie e lo tiro più vicino a me. "Non… non puoi entrare così e iniziare a baciarmi le parti intime e…" Grido mentre vengo.

Tank inarca un sopracciglio. "Stavi dicendo?"

Scuoto la testa. "Tank, non è la cosa migliore da fare."

Si alza su di me e si leva la maglietta. "Tesoro, ti sbagli. Io e te ci apparteniamo, e non me ne frega niente se per te dovrò voltare le spalle a chiunque altro. Sei mia. Ti ho marchiata. Adesso sono il tuo uomo."

La mia risoluzione è svanita. Allungo le braccia verso di lui. Dieci secondi dopo non ha più i jeans ed è dentro di me. Le mie gambe lo stringono mentre spinge. Il letto dondola mentre lui mi sbatte. E non solo il letto. Il mondo intero.

Il muro fa *tump, tump, tump* mentre mi gira e finisce. I suoi denti mi graffiano la spalla, il collo. Rabbrividisco.

Mi rigira e mi guarda. "Scusa se me ne sono andato."

"Ti ho scacciato io."

"Mai più." Il suo volto è estremamente serio. So che è un giuramento.

Gli tocco la mandibola.

Lui mi afferra la mano e mi bacia il palmo.

"Tank" sussurro.

"Tesoro, stai tremando?"

Sì. Rotolo sul fianco, rivolta verso la parete. "Se te ne vai ancora, muoio. Pensavo di essere forte, e invece non lo sono."

"Tesoro. Sei forte. Ma non dovrai più combattere. Ecco perché sono qui. Sono nato per proteggerti."

"Non cambierò ciò che sono." La mia voce trema.

"Non voglio che tu lo faccia."

"Ma come…"

"La faremo funzionare, tesoro. Il nostro destino è sempre stato di stare insieme." Mi gira in modo da guardarmi in faccia e mi mette una mano sulla nuca. "Foxfire, sei mia."

Mi tengo stretta a lui.

"Tesoro." Le sue labbra sulla mia fronte. Sulla tempia.

"Sei sicuro?"

Mi tira su il volto per guardarmi negli occhi. "Vivo la mia vita in bianco e nero. E tu." Mi passa una mano tra i capelli, allargando le ciocche color arcobaleno sul cuscino. "Tu sei colore."

"È una cosa brutta?"

Ruota in modo da farmi trovare sotto di lui. Le sue braccia sostengono il suo corpo gigante, così non mi schiaccia.

"È una cosa bella, tesoro. Bellissima."

Mi bacia, staccandosi solo quando si sente uno scricchiolio del legno. Il materasso sotto di noi cede.

"Tank?"

"Mmm?"

"Mi sa che abbiamo rotto il letto di nuovo."

~.~

FOXFIRE

QUELLA NOTTE la luna sorge grande e dorata. Tank mi avvolge in una coperta e mi porta fuori. Facciamo un picnic sul patio, e quando la temperatura si abbassa troppo mi prende in braccio.

"Sei pronta a incontrare il branco?" mi chiede.

"Forse. Non lo so. Ho paura."

"Tu non hai paura di niente."

"Eccetto i serpenti del gabinetto."

"Eccetto i serpenti del gabinetto."

"Ci sarò io. Ti proteggerò."

"Davvero?" Mi giro e avvolgo la coperta attorno a lui.

"Sempre." Mi solleva e mi riporta in casa.

"Ti amo" gli dico quando mi mette giù.

"Lo so, tesoro."

"Aspetta, non intendi dirlo anche tu?"

"Ti amo." Sottolinea le parole con dei baci. "Amo tutto di te."

"Anche se sono pazza?"

"Amo il modo in cui fai diventare pazzo me. Non voglio essere sano." Un altro bacio, poi mi alza la testa. "Cosa ti ho detto riguardo ai nomignoli?"

"Che mi punisci?" dico speranzosa.

Si siede sul bordo del letto e mi fa segno col dito di avvicinarmi.

Una settimana dopo…

oxfire

"Ce l'ho?" Salto su e giù mentre Tank prende un altro casco. È rosso, giallo e arancione come il tramonto. Come il nuovo colore dei miei capelli.

Lo indosso e monto in sella alla sua motocicletta.

"Braccia sempre attorno a me. Niente scherzetti." Altre regole.

"Sì, sì, capito."

"Se ti comporti male" mi minaccia "ti punisco."

Gnam gnam.

"Capito, omaccione. Possiamo andare adesso?"

Tank sospira.

Nonostante la sua mancanza di fiducia, il viaggio procede

senza intoppi. Raggiungiamo la destinazione al crepuscolo: la villa del miliardario Jackson King a Tucson, addossata ai monti Catalina, dove il branco correrà questa notte.

L'odore di lupo mi colpisce le narici mentre smonto dalla moto di Tank. Mi prende per mano e mi accompagna, fermandosi quando sente che tiro indietro.

"Sei sicuro che gli piacerò?" Mi liscio i capelli.

"Certo, tesoro." Tank mi abbraccia. "E se non gli piaci, li prendo a calci nel culo."

Rido. Lo farebbe davvero. Amber mi ha raccontato che nessuno ha protestato quando Garrett ha annunciato che sarei entrata nel branco come compagna di Tank. Se ci fosse stata una ribellione riguardo all'ingresso tra i ranghi di una volpe mutante, sarebbe stata presto placata dal mio nuovo alfa o dal suo vice.

Percorriamo il vialetto fino alla villa. "Non posso credere che tu non mi abbia detto che Jackson King è un lupo" sussurro a Tank.

"Già. E la sua compagna e sua nonna sono pantere."

La porta si apre prima del nostro arrivo e Jared fa capolino con la testa.

"Finalmente. È arrivata la volpe!"

Kylie, compagna di Jackson, mi saluta e mi presenta a Jacqueline, sua nonna.

Delle selvagge grida di esultanza ci accolgono mentre attraversiamo il foyer ed entriamo in un'ampia zona giorno. Il branco è tutto riunito qui e quasi tutti tengono in mano bicchieri rossi della Solo o bottiglie di birra.

"Viva la volpe" grida Trey dall'angolo. Tank ringhia, ma io saluto con un cenno della mano.

"Non ti ho visto tanto in giro ultimamente." Jared mi porge un bicchiere rosso pieno di qualcosa.

"Tank mi sta tenendo a casa un sacco" dico. È vero. Tank

ha deciso che il modo migliore per punirmi per averlo lasciato era mettermi ai domiciliari per una settimana intera e scoparmi fino a non farmi più camminare. La struttura del letto è crollata dopo poche ore.

"Udite, udite, ragazzi! Il vecchio Tank è addestrato come un bravo animale da appartamento."

"Se la mia signora fosse altrettanto sexy, non uscirei di casa neanche io" mormora un altro lupo.

"Basta così" ringhia Tank.

"Grazie, ragazzi." Sorrido e saluto con la mano. Trey inizia a fare le presentazioni, ma arriva solo a metà della gente, perché poi Tank mi trascina in camera da letto.

"Cosa ti ho detto sul flirtare?"

"Non stavo flirtando. Cavolo. Mi sto solo comportando in modo socievole."

Mi tira giù il colletto della maglietta e strofina il naso contro il marchio che mi ha lasciato. Lo bacia e lo lecca, e so che avrò un bel succhiotto rosso sopra al marchio per il resto della serata. Esattamente il suo piano.

Comincio a sentire le ginocchia deboli fino a che non mi spinge verso il letto.

"Tank, non qui! Lo romperemo!"

Lui ringhia ancora, ma rimette a posto la maglietta e mi riaccompagna fuori. Tutti nel salotto esultano. Arrossisco, riconoscente quando Tank mi trascina fuori, dove Garrett sta armeggiando tra due grosse griglie. Amber, accanto a un tavolo da picnic pieno di portate di carne, si gira verso di noi.

"Foxfire!" grida, e ci salutiamo. "Non sapevo che fossi arrivata! Garrett mi stava mostrando la dépendance. Devo essermi… distratta." Ha i capelli scompigliati e anche lei un succhiotto sul collo.

"I ragazzi mi hanno dato un caloroso benvenuto."

"Ignorali." Amber alza gli occhi al cielo. "Sono un

mucchio di ragazzini tutti eccitati dalla luna piena. Ehi, hai avuto occasione di parlare con tua madre?"

"No. Devo. Sono stata... impegnata tutta la settimana."

"Dovresti farci due chiacchiere. È sistemata nella clubhouse... e a quanto pare sapeva più sui mutanti di quanto non lasciasse intendere."

"Cosa?" Sussulto. "Lei sa?"

"Sapeva tutto" dice Garrett. "Mi ha chiesto subito se il mio animale guida è un lupo."

"Non ho mai visto Garrett così scioccato." Amber ride. "Sunny gli ha detto che l'ha visto con il suo terzo occhio."

"Ha senso" rifletto. "Mi ha chiamata Foxfire. Per certi versi l'ha sempre saputo."

"Cosa significa?" chiede Tank.

"Mi sono messo lì con lei e le ho raccontato tutto. Le ho fatto giurare segretezza. L'ho fatta sorvegliare da un lupo per tutta la scorsa settimana. Uno del gruppo di mio padre, a dire il vero." Garrett fa l'occhiolino ad Amber e lei sorride.

"Ah sì?" Tank sembra sospettoso. "E chi?"

Il rombo di una motocicletta ci interrompe. Ci giriamo tutti mentre i due motociclisti, un maschio e una femmina, smontano di sella.

"Mamma?" dico con un sussulto. Io e Tank le andiamo incontro lungo il vialetto, rallentando man mano che ci avviciniamo. Sunny indossa una giacca di pelle sopra a una gonna con camicetta da campagnola. Accanto a lei c'è un tipo grande e grosso dai capelli grigi. Mi sembra leggermente familiare.

"Papà?" Tank è esterrefatto.

"Figliolo." L'uomo grande e grosso – un lupo mutante, dall'odore – accoglie Tank. Mi saluta con un cenno della testa. "Foxfire. È un piacere. Ho sentito molto parlare di te."

"È con lui che stai?" chiedo a Sunny.

"Sì, amore." Si avvicina e si appoggia al padre di Tank. Lui le mette un braccio attorno alle spalle.

"C'è il tuo alfa?" chiede Titus al figlio. "Il mio alfa ha un messaggio per lui."

"Laggiù, signore."

"A dopo, tesoro." Mia madre saluta Titus con la mano mentre si allontana.

Poso una mano sul petto di Tank per tenermi in equilibrio. "Io nostri genitori stanno…?"

"Non voglio parlarne."

"D'accordo. Non parliamone mai più." Non voglio pensare a mia madre che fa sesso. Non voglio pensare a mia madre che fa sesso. Non voglio pensare… accidenti.

Bevo un grosso sorso del bicchiere della Solo e poi lo offro a Tank, che manda giù il resto. "Andiamo a recuperare un po' d'alcool."

"D'accordo."

Il resto della serata è divertente. Vengo a sapere che il vero nome di Tank è Titus Junior. Suo padre e mia madre si sono conosciuti quando Garrett ha avuto bisogno di qualcuno che portasse via da Flagstaff il pick-up di Tank e la roulotte della mamma.

Dopo cena, dove mi rimpinzo di più carne di quanta ne abbia mai mangiata in vita mia, Sunny mi tira da parte.

"Tutto a posto?" le chiedo, dopo che ha chiuso la porta della camera per avere un po' di privacy. Spero davvero, davvero tanto, che non intenda parlarmi della sua relazione con il padre di Tank. Né che mi chieda delle posizioni dell'amore, magari dandomene una dimostrazione, nuda. Non si può mai sapere, con Sunny.

"Devo farti vedere una cosa." Tira fuori dalla borsa un pacchetto. "Sono arrivate alla clubhouse ieri. Stessa casella postale che usava tuo padre. Erano indirizzate al club, ma dentro c'era un biglietto per te."

Apro il pacchetto.

Foxfire, dice il biglietto. *Queste erano tra le cose di Johnny. Ho pensato che volessi averle.*

Non è firmato, ma posso immaginare chi l'ha mandato. Spero solo che Jordy e il resto delle volpi stiano bene. Magari un giorno riuscirà a venire a trovarmi. Mi piacerebbe un sacco tingerle i capelli e comprarle dei vestiti nuovi.

Il biglietto è avvolto attorno a vecchie foto. Le sparpaglio sul letto e inspiro con forza. Sono tutte mie.

"Ogni volta che ricevevo una busta con i soldi, gliene mandavo una" dice Sunny mentre le guardo una alla volta. C'è una polaroid che mi ritrae a quattro anni con un tutù rosa.

"L'hai indossato per un anno. Non riuscivo a convincerti a levartelo."

Un'altra mi vede vincitrice della fiera scientifica con la raccolta di strati del Grand Canyon. Altre di me a scuola, inclusa una del ballo delle debuttanti.

"Questa è stata la prima volta che ti sei tinta i capelli. Turchesi, perché fossero abbinati al vestito."

"Più verde vomito che turchese." Scuoto la testa. Il colore mi fa sembrare malata. "Non posso credere che tu gliele abbia mandate, e che lui le abbia tenute."

"Oh, tesoro." Sunny mi abbraccia e mi rendo conto di avere le guance umide. Si sentono voci mormorare fuori e la porta si apre.

"Tesoro." Tank mi prende tra le sue braccia. La sua mano mi massaggia la schiena mentre io piango, come quando mi ha detto che mio padre era morto.

"Mi voleva bene." La mia voce è soffocata contro la sua spalla. "Mi voleva bene veramente."

"Certo che te ne voleva. Come avrebbe potuto non volertene?"

Questo mi fa piangere ancora di più.

Amber entra con un fazzoletto, e dopo una sessione di make-up di emergenza in bagno, posso tornare alla festa. Nessuno commenta gli occhi rossi, anche se Trey ci infila un abbraccio, che si interrompe presto, non appena Tank gli ringhia dietro. Jared mi dà un piccolo colpo con un pugno e Amber mi chiama vicino al bordo del patio perché mi sieda con lei e Garrett.

"Abbiamo una sorpresa per te" mi dice il mio nuovo alfa. "Solo un piccolo modo per darti il benvenuto nel branco."

Il branco si riunisce sulla veranda e tutti guardano verso il cielo, facendo silenzio.

"È stata una tua idea?" chiedo a Tank.

"No."

"È stato il branco" risponde Trey. "Ma è stato il papà di Tank a comprare tutto."

"È il suo modo di scusarsi" mormora Tank.

Guardo tra la folla, ma non vedo Titus.

"È laggiù." Garrett indica i cespugli a una certa distanza dalla casa.

Un fischio, uno scoppio e scintille bianche illuminano il cielo.

"Fuochi d'artificio" dico con un sussulto.

"Per il mio tesoro." Tank mi tiene le mani sui fianchi mentre i fuochi esplodono rossi, gialli, verdi, blu e viola. Più e più volte.

"I colori dell'arcobaleno" sottolinea Trey, tirandosi una ciocca di capelli.

Un piccolo spettacolo, tutto per me.

Tank mi prende per mano. "È ora."

Mi tira di lato. Amber e Sunny mi salutano mentre

entrano in casa. Gli altri membri del branco si stanno già levando i vestiti.

Garrett si tramuta per primo, punta il naso alla luna e guaisce. Guarda in direzione di Amber e aspetta che lei lo saluti prima di scattare in mezzo alla vegetazione.

Il resto del branco lo segue; la trasformazione è sollecitata dal richiamo del loro alfa.

Tank resta di guardia mentre io entro nella dépendance per cambiarmi.

"Sei sicuro?" chiedo. "Non vuoi andare a correre con il branco?"

"Tesoro." Scuote la testa. "Tu sei il branco."

Un minuto dopo, trotterello fuori sotto forma di volpe. Tank mi annusa e mi accompagna con attenzione verso la collina, dove Garrett ci aspetta. Il grosso alfa si avvicina e io rotolo sulla schiena, offrendogli la pancia in segno di fiducia e sottomissione. Una rapida annusata e Garrett si allontana. Tank prende il suo posto fino a che non sono tornata in piedi. Si mette dietro, Trey e Jared ai miei fianchi, Garrett a capo del gruppo. Corriamo, mentre un altro spettacolo di fuochi esplode nel cielo della notte.

ALFA RIBELLI

OTTIENI IL TUO LIBRO GRATIS!

Iscrivetevi alla newsletter di Renee per ricevere Indomita, scene bonus gratuite e notifiche riguardo a nuove pubblicazioni!

https://BookHip.com/MGZZXH

L'AUTORE

L'autrice oggi bestseller negli Stati Uniti Renee Rose ama gli eroi alfa dominanti dal linguaggio sboccato! Ha venduto oltre un milione di copie dei suoi romanzi bollenti, con variabili livelli di erotismo. I suoi libri sono comparsi su *USA Today's Happily Ever After* e *Popsugar*. Nominata *Migliore autrice erotica da Eroticon USA* nel 2013, ha vinto come autrice antologica e di fantascienza preferita dello S*punky and Sassy*, come miglior romanzo storico sul *The Romance Reviews* e migliore coppia e autrice di fantascienza, paranormale, storica, erotica ed ageplay dello *Spanking Romance Reviews*. È entrata cinque volte nella lista di *USA Today* con varie antologie.

Iscrivetevi alla newsletter di Renee per ricevere scene bonus gratuite e notifiche riguardo a nuove pubblicazioni!
https://www.subscribepage.com/reneeroseit

L'AUTORE

Lee Savino è una fra le migliori scrittrici di libri erotici 'smexy' al giorno d'oggi negli Stati Uniti. 'Smexy' nel senso di 'smart e sexy': storie sensuali ed argute. La puoi trovare nel gruppo Goddess in Facebook ed è possibile scaricare un suo libro gratuito su www.leesavino.com!